Die verlorene Erinnerung
von Catherine R. Striker

Für Martin

Katharina Stürmer wurde 1992 in einer Kleinstadt in Mittelfranken geboren und lebt seit 2015 in einer noch etwas kleineren Stadt, in der sie als Physiotherapeutin arbeitet.
Die verlorene Erinnerung ist ihr Debütroman, den sie unter dem Pseudonym Catherine R. Striker im Eigenverlag veröffentlichte.
Weitere Informationen zur Autorin finden Sie auch auf ihrer Website: catherineschreibt.de

Alle Rechte, einschließlich das des vollständigen oder auszugsweisen Nachdrucks in jeglicher Form, sind vorbehalten.

2. Auflage
Alle handelnden Personen in dieser Ausgabe sind frei erfunden.
Ähnlichkeiten mit lebenden oder verstorbenen Personen wären rein zufällig.
Triggerwarnung nach der Danksagung.

Copyright © 2019 Katharina Stürmer
Herstellung und Verlag: TWENTYSIX - Eine Kooperation zwischen der Verlagsgruppe Random House und Books on Demand
Covergestaltung und Buchsatz:
Natalie Gerardi (natalie.gerardi@t-online.de)
Korrektorat: Nathalie Boczar

ISBN: 9783740748371

Die verlorene Erinnerung

von Catherine R. Striker

Figuren

Familie Gremory:

James Henry - Sohn der Familie, Zauberer
Richard - Vater von James, Bürgermeister, Zauberer
Mary - James' Mutter, Richards Frau

Familie Collins:

Alice - Gouvernante von James
George - Alice' Zwillingsbruder
Margret - Mutter von Alice und George

Sonstige Personen:

Elisabeth (Lissy) Williams - James' Verlobte
Andrew Wainwright - Neffe eines Stadtratmitglieds

Prolog

Es war ein Tag im November. Kalter Wind wirbelte das Laub auf und das Wasser des Sees schlug kleine Wellen. Das Einzige, was die Ruhe der Natur störte, war das Schreien der jungen Frau, welche inmitten des Wassers um ihr Leben kämpfte. Sie hatte ihn um Hilfe angefleht, seinen Namen gerufen, immer und immer wieder. Er hatte nur dagestanden und zugesehen.

Er war noch jung und doch wusste er, was mit ihr geschehen würde.

Sie konnte nicht schwimmen, das hatte sie ihm erzählt.

Die Schreie wurden erst verzweifelter, dann immer schwächer. Sein Gesicht blieb unbewegt, als er sah, dass sie aufgegeben hatte. Ein letztes Gurgeln, ein verschleierter Blick, dann ging sie endgültig unter. Langsam beruhigte sich das Wasser wieder. Mit versteinerter Miene drehte er sich um und ging zum Haus zurück, als sei nichts geschehen.

Kapitel 1

James Henry Gremory starrte gedankenverloren aus dem hohen Sprossenfenster im ersten Stock des Herrenhauses. Sein neuer Privatlehrer langweilte ihn und bevor er etwas Unüberlegtes tat, flüchtete er sich lieber in seine Gedanken.

Noch nicht einmal den Namen des Mannes hatte er sich gemerkt, es würde ja doch nichts bringen. Spätestens nach einer Woche würde er auch ihn wieder vertrieben haben. Langsam ließ er den Blick über die Gestalt seines Lehrers wandern: Die Jahre hatten ihre Spuren auf dem Körper des Mannes hinterlassen. Die Hände waren von Furchen durchzogen und wiesen leichte Verformungen auf. In den Augen- und Mundwinkeln sowie auf der Stirn und den Wangen hatten sich tiefe Falten eingeprägt. Die wässrig-blauen Augen blickten ihm weise entgegen.

James gähnte. Er machte keinen Hehl daraus, dass er nicht besonders viel von dem Mann hielt.

Glaubten seine Eltern allen Ernstes, dass ein Lehrer, der wie ein Zauberer aussah, ihm deshalb auch mehr über die Zauberei beibringen konnte? Ein langer, schwarzer, sich dramatisch aufbauschender Gehrock und weißes Haar sagten wohl kaum etwas über Kompetenz aus.

Der letzte Lehrer war ein ziemlich eingebildeter Bursche gewesen. Er hatte versucht, ihn zu lehren, das

Wetter zu kontrollieren – etwas, das er sich schon vor Jahren im Eigenstudium erarbeitet hatte. Der kleine Sturm, den er daraufhin in dem Raum hatte wüten lassen, hatte nicht nur die gesamten Unterlagen des Mannes zerstört, sondern auch dessen Nerven überstrapaziert.

James stützte seine Wange in eine Hand. Dabei fiel ihm eine schwarze Haarsträhne vor die Augen. Träge neigte er den Kopf zur Seite und wischte sie sich aus dem Gesicht. Gelangweilt fokussierte er seinen Blick auf eine Amsel. Sie saß auf einem bunt belaubten Ahornbaum, der seine ausladenden Äste dem Haus entgegen streckte. Geschickt versuchte der Vogel einem der Astlöcher einen Käfer zu entlocken.

Er wurde aus seiner Beobachtung gerissen, als es an der Tür klopfte.

„Herein!", rief sein Lehrmeister und blickte erwartungsvoll auf die massive Eichenholztür.

Sie öffnete sich schwungvoll und Richard, James' Vater, stand mit zurückhaltendem Lächeln im Türrahmen.

„Ich hoffe, ich störe Euch nicht, Mr Redfield?", fragte er freundlich, ohne ernsthaft anzunehmen, dass die Frage mit einem „Doch." beantwortet werden könnte und betrat das Zimmer.

Richard Charles Gremory, wie er mit vollem Namen hieß, war ein Mann, der immer ein Lächeln auf den Lippen und ein freundliches Wort für jedermann übrig hatte. Das brachte ihm bei den Bewohnern der Stadt, welcher er als Bürgermeister vorstand, viele Sympathien ein.

Auf den ersten Blick hatte er große Ähnlichkeit mit seinem Sohn. Beide hatten in etwa dieselbe Statur: schmal und hochgewachsen.

Im Gegensatz zu James war Richards Haut jedoch dunkler, als man es bei einem Mann seines Standes erwarten würde. Mittlerweile zierten das schwarze Haar graue Strähnen, die sich bis in den akkurat geschnittenen Backenbart zogen. Man mochte kaum glauben, welch unfassbare Mächte dem Zauberer innewohnten.

„Ich glaube, wir können den Unterricht heute zur Feier des Tages etwas früher beenden", erklärte er dem Lehrer lächelnd und wandte sich dann an seinen Sohn, „Na, schon in freudiger Erwartung?"

James sah ihn zweifelnd an: „Wegen der Geburtstagsüberraschung, die Ihr für mich vorbereitet habt? Ich bin mir nicht ganz sicher."

Richards Augen verengten sich vorwurfsvoll, doch er wurde schnell wieder gewohnt fröhlich: „Du wirst sehen, es wird grandios!"

Richard beschränkte sich nicht nur darauf, die Zauberei zu erlernen und anzuwenden. Er wollte auch seinen Beitrag an neuen Sprüchen leisten und brachte mit seinen Experimenten nicht nur sich selbst in Gefahr.

Manchmal fragte James sich, wie es sein konnte, dass er mit den gerade erreichten zwanzig Jahren so viel reifer war als sein Vater Richard mit all seiner Erfahrung.

Seufzend stand er auf, würdigte den Lehrer keines Blickes und folgte seinem Vater den Gang entlang in Richtung Eingangshalle.

„Miss Williams müsste auch jeden Moment hier sein", bemerkte Richard, während er voranschritt. „Es war langsam aber auch wirklich an der Zeit, sie um ihre Hand zu bitten."

James hörte nicht weiter zu, er konnte sich den Satz selbst zu Ende denken: Deine Mutter und ich haben geheiratet, als ich gerade 19 war und du musst bedenken, dass Elisabeth bereits fünf Jahre älter ist als du!

James erwiderte nichts auf den Kommentar. Manchmal war es besser, seinen Vater einfach reden zu lassen.

Draußen konnte man das Knirschen von Rädern auf Kies hören und kurz darauf das Krachen einer Kutschentür.

„Wenn man vom Teufel spricht!", kommentierte Richard lächelnd.

„Ihr wollt also, dass ich mich mit dem Teufel einlasse?", erwiderte James schnippisch.

Richard strafte ihn mit einem bösen Blick und öffnete dann selbst die Tür, noch bevor Elisabeth Williams die Klingel betätigen konnte.

„Mr Richard!", begrüßte sie ihn erfreut und neigte höflich den Kopf. „Guten Abend. Ich bin schon so gespannt auf Eure Aufführung. Ich bin mir sicher, sie wird wundervoll!" Schon hatte sie den Hausherren für sich eingenommen.

Sie weiß, wie man Menschen umschmeichelt, dachte James.

Nun wandte sie sich ihm zu.

„Alles Gute zum Geburtstag", wünschte sie ihm strahlend, „Du siehst heute besonders gut aus!"

„Danke sehr", entgegnete James lächelnd. Auch er hatte nichts gegen Komplimente. „Das gebe ich gerne zurück."

Sie sah wirklich gut aus: In ihrem smaragdgrünen Kleid mit ihren langen, schwarzen Haaren wirkte sie noch ebenso, wie er sie als Junge kennengelernt hatte.

„Tut mir leid, dass meine Eltern nicht hier sein können. Sie sind beide noch nicht wieder ganz wohlauf, aber sie lassen viele Grüße ausrichten."

„Schon gut, bestelle ihnen meinen Dank."

Immerhin zwei Gäste weniger, die unterhalten werden wollten und vor allem konnten sie so nichts von der Verlobung ausplaudern. Seinen eigenen Eltern hatte James bereits Stillschweigen auferlegt. Abgesehen davon, war er besonders über die Abwesenheit seiner baldigen Schwiegermutter alles andere als traurig.

„Wir werden nicht viel Zeit für uns haben", bemerkte Elisabeth lächelnd, „Auf dem Weg hierher habe ich einige Kutschen gesehen, die alle in diese Richtung wollten. Ein Wunder, dass wir es vor ihnen hierher geschafft haben."

Die Feier wurde, wie James es befürchtet hatte: Eine Aneinanderreihung von Programmpunkten, die sein Vater eigens für diesen Abend zusammengestellt hatte.

Die meisten Gratulanten kannte James kaum. Es handelte sich um Adelige aus den angrenzenden Ländereien mit ihren Frauen und erwachsenen Kindern, um Mitglieder des Stadtrates nebst Familie sowie um einige Gesichter, die James überhaupt nicht zuordnen konnte.

Extra für diesen Tag waren weitere Tische in den Speisesaal gebracht worden und die Herrin des Hauses – Mary Gremory – hatte alles geschmackvoll mit Blumen schmücken lassen, wodurch ein schwerer, süßlicher Duft in der Luft hing. Selbst die Dienerschaft war aufgestockt worden, um den Bedürfnissen der hohen Gäste gerecht zu werden. James selbst hielt nicht viel von dieser Zurschaustellung und mit den meisten der Anwesenden war ein Gespräch in nüchternem Zustand kaum zu ertragen.

Im Salon wurde ein Aperitif gereicht und es spielte ein Streichquartett, welches kaum Beachtung fand und vom allgemeinen Stimmengewirr übertönt wurde. James bemühte sich zu lächeln, spürte jedoch schon nach der ersten halben Stunde, wie sich seine Gesichtsmuskulatur zu verkrampfen begann.

Auf den Empfang folgte ein Fünf-Gänge-Menü, wobei sich die Essensmenge auf den Tellern von Gang zu Gang verringerte. Der junge Zauberer saß zwischen John Wainwright, einem Mitglied des Stadtrates, und seinem Vater. Er fühlte sich etwas fehl am Platz, während sich die beiden Männer über ihn hinweg unterhielten.

Hilfesuchend blickte er zu seiner Verlobten, doch diese war selbst in ein Gespräch vertieft. Elisabeth liebte Feste. Hier war sie absolut in ihrem Element.

Wieder einmal wurde ihm bewusst, wie schön sie war: Die dunklen, seidigen Haare, die sanft auf ihre Schultern fielen. Die braunen Augen, die ihn immer so verführerisch lockten. Der sinnliche, rote Mund.

Warum konnten sie nicht schon verheiratet sein, verheiratet und allein …?

Die Stimme seiner Mutter ließ ihn aus seinen Gedanken auffahren.

Wie in jedem Jahr hielt sie auch heute die Geburtstagsrede für ihren Sohn. Zunächst bedankte sie sich bei allen Anwesenden für deren Kommen und wiederholte dann – ebenfalls wie jedes Jahr – wie sie und Mr Gremory damals in freudiger Erwartung auf die Geburt ihres Sohnes …

Mary war eine bildschöne Frau mit langem, dunkelblond gelocktem Haar. Die grünen Augen, die sie ihm vererbt hatte, strahlten.

James wandte sich leise seufzend in Richtung eines Fensters, von dem aus er den See im Garten überblicken konnte, und ließ seine Gedanken schweifen. Das tat er immer, wenn er etwas Langweiliges über sich ergehen lassen musste – was erstaunlich oft geschah.

Erst als der Name seiner Verlobten an sein Ohr drang, wurde er hellhörig:

„..., umso mehr freut es mich, sagen zu können, dass James sich letzte Woche nun endlich mit Elisabeth Williams verlobt hat und wir hier somit nicht nur den Geburtstag meines Sohnes, sondern auch seine Verlobungsfeier begehen!"

Beifall wurde laut und von allen Seiten strömten Glückwünsche auf ihn ein. Er lächelte charmant, doch in ihm brodelte es. Nun war es aus mit der stillen, unaufgeregten Hochzeitsfeier, die er im Sinn gehabt hatte. Als er seiner Mutter einen missmutigen Blick zuwarf, lächelte diese triumphierend. Sie wusste, wie sie mit den gesellschaftlichen Gepflogenheiten spielen musste, um ihm ihren Willen aufzudrängen.

„Nun, da es bekannt ist, bleibt uns nichts übrig, als sie alle einzuladen", würde sie sagen.

Ein Blick auf Elisabeth zeigte ihm, dass sie auf der Seite ihrer zukünftigen Schwiegermutter war. Er musste sich wohl damit abfinden, dass seine künftige Frau derlei Feierlichkeiten ebenso liebte, wie er sie verachtete. Sehnsuchtsvoll sah er auf die Uhr.

Kapitel 2

Nach dem Essen wurde getanzt und als „erfrischende Abwechslung", wie sein Vater es nannte, begaben sich alle freudig plaudernd in den Gewölbekeller. Die steinernen Wände waren mit gewebten Teppichen behängt worden und der mir roten Teppichen ausgelegte Boden gab unter den Füßen der Gäste nach. Jeder versuchte, sich die besten Plätze zu sichern. Es ging stufenweise nach unten und endete vor einer, wenige Fuß hohen Bühne. Die Sitze bestanden aus diversen Stühlen und Bänken, die in den unterschiedlichsten Mustern und Farben gepolstert waren.

Guten Geschmack hatte Richard zumindest bewiesen, wie sein Sohn zugeben musste. James selbst musste sich keine Sorgen um eine schlechte Sicht machen. Mit Elisabeth und seiner Mutter nahm er auf einem dunkelblauen, mit Silberfäden bestickten Sofa inmitten der ersten Reihe Platz.

Wie auf dem Präsentierteller, war James' erster Gedanke, als er sich missmutig umsah. Sein Blick blieb an Elisabeth hängen, die ihm aufmunternd zulächelte. Ein Lichtstreif am Horizont. Nur noch eine gute Stunde und er würde es überstanden haben.

Das Gemurmel im Raum verstummte, als Richard Gremory die Bühne betrat. Seine Aufführungen waren berühmt-berüchtigt, was auch daran lag, dass nur wenige Zauberer dieser Zeit ihre Magie vor Publikum zum Besten gaben. Die meisten Ihres Standes lebten lieber zurückgezogen.

„Herzlich willkommen in unserem Keller", begann die Hauptperson der Vorführung, die Hände hinter dem Rücken verschränkt, „Noch bis vor ein paar Wochen wurde dieser Raum vor allem als Rumpelkammer verwendet, doch nachdem im letzten Jahr meine Darbietung ein jähes Ende fand, als ich in meinem finalen Stück neben mir selbst auch einen Rosenstock meiner Frau entzündete ...", er warf Mary einen entschuldigenden Blick zu, „... habe ich striktes Gartenverbot für jegliche Zaubereinlagen. Weil ich es aber selbstverständlich nicht lassen kann, bekam ich die Erlaubnis, einige der aussortierten Möbelstücke, die hier unten lagerten, zu verschenken und ein kleines Theater einzurichten. Um Vorhänge und Polstermöbel zu schonen, werde ich allerdings bis auf Weiteres von offenem Feuer absehen."

Einige Gäste lachten.

„Nun bleibt mir nur noch, Euch eine unterhaltsame Stunde zu wünschen."

Es wurde höflich geklatscht, während Richard sich kurz verbeugte und das Licht im Saal mit einer Handbewegung dimmte.

Zunächst begann der Zauberer damit, mit geschickten Händen Papiervögel zu falten. Während er dies tat, plauderte er unermüdlich mit dem Publikum, welches gebannt an seinen Lippen hing. Als ein dritter Papiervogel gefaltet war, ließ er ihn sanft in die Menge schweben. Noch bevor er auf dem Boden landen konnte, waren auch die anderen Papiervögel in der Luft. Für einen Moment schien es, als würden sie inmitten des Raumes stehen bleiben, bevor sie sich auf ein Wort Richards in lebendige weiße Tauben verwandelten. Gurrend flogen sie über die erstaunt rufende Menge und ließen sich nach und nach auf freien Stuhllehnen nieder.

Es folgten noch weitere solcher Darbietungen:

Kichernde Zuschauerinnen wurden zum Schweben gebracht, Blumen wuchsen aus kunstvoll aufgetürmten Frisuren, Kaninchen verschwanden in Hüten und tauchten unter Stühlen wieder auf … Wann immer eine „bezaubernde Assistentin" benötigt wurde, schossen zahlreiche Hände in die Höhe.

Die Gäste waren jedes Mal schwer beeindruckt. James jedoch, für den derlei Zauberei alltäglich war, klatschte nur müde.

Für einen seiner Höhepunkte forderte Richard Elisabeth auf, ihm ihren Verlobungsring zu überlassen. Sie blickte fragend zu James, doch dieser zuckte nur gleichgültig mit den Schultern. Wenn sein Vater sich etwas in den Kopf gesetzt hatte, würde er sowieso nicht locker lassen, bis er seinen Willen bekam. Unsicher nahm seine Verlobte den Ring vom Finger und stand auf, um dem Wunsch ihres zukünftigen Schwiegervaters nachzukommen.

„Ebenso wie meine wundervolle Frau", begann dieser und betrachtete den Ring in seiner Hand, „freue ich mich natürlich sehr über die Verbindung meines Sohnes mit Miss Williams. Als Vater, baldiger Schwiegervater und hoffentlich in nicht allzu ferner Zukunft auch Großvater, mache ich mir durchaus Gedanken, wie diese Ehe aussehen wird."

Elisabeths Verlobungsring lag nun in seiner Handfläche. Plötzlich war es, als würde von seiner Hand ein Schein ausgehen und sich durch das Schmuckstück bündeln, wobei sich eine Art Trichter bildete. Das helle Licht ließ sein Gesicht dunkel und geheimnisvoll wirken.

„In solchen Zeiten erinnere ich mich gerne an die Kindheit unseres Sohnes zurück …" Im Lichtkegel erschienen zunächst verschwommene Bilder, die nach und nach schärfer wurden und sich bewegten. Man erkannte einen blassen kleinen Jungen, dessen schwarzes Haar sich scharf von seinem weißem Gesicht abhob. Die dunklen, grünen Augen leuchteten den Zuschauern entgegen. Von den heute markanten Wangenknochen war damals noch nichts zu sehen.

Neben ihm stand ein junges Mädchen, ein paar Jahre älter als er, welches sich zu ihm hinabbeugte. Die vollen Lippen ließen keinen Zweifel daran, dass es sich um Elisabeth handelte.

„Schon damals war Miss Williams an seiner Seite. Ein stiller Junge, dessen Herz von dem hübschen Mädchen sofort erobert wurde", erklang die dunkle Stimme des Zauberers aus dem Hintergrund. Es war nun völlig dunkel im Raum und alle starrten gebannt auf die Projektion über dem Ring.

Das Bild veränderte sich und nach und nach beschwor Richard die Liebesgeschichte der beiden darin herauf: das erste Treffen beim gemeinsamen Dinieren ihrer Familien, die vielen Spaziergänge und die gegenseitigen Besuche. Elisabeth wirkte hierbei eher wie seine Gouvernante, da sie mit ihren fünf Jahren Vorsprung fast erwachsen war. James wuchs von Bild zu Bild und im Alter von 17 Jahren hatte er sie eingeholt und musste nicht mehr zu ihr aufsehen. Kurz vor Ende der Darbietung wurde auch sein Antrag dargestellt, allerdings völlig inkorrekt, wie James bemerkte. Sein „Antrag" war eigentlich eher sachlich gewesen und hatte nur wenig mit romantischem In-die-Augen-Blicken und Händchenhalten zu tun gehabt, wie sein Vater es hier darstellte. Allgemein stellte Richard die „Erinnerungen" sehr blumig dar. So blühten bei den Spaziergängen Unmengen von Rosen um sie herum und bei gemeinsamen Essen strahlte die ganze Familie eine übertriebene Fröhlichkeit aus, an die sich James nicht im Entferntesten erinnern konnte.

Nun war er keiner dieser Menschen, die ständig lächelten, doch seine zukünftigen Schwiegereltern übertrafen ihn noch. So fröhlich, wie auf den hier gezeigten Bildern, hatte er sie nie gesehen.

Natürlich handelte es sich hier um übertrieben geschönte Momentaufnahmen, mit denen sein Vater die Herzen der Zuschauer erwärmen wollte ... Und er schaffte es! Als zuletzt noch Elisabeth im Brautkleid neben einem strahlenden James vor dem Altar zu sehen war, hatte selbst die letzte Dame im Publikum Tränen der Rührung in den Augen. James hingegen konnte sich nicht daran erinnern, überhaupt jemals so gelächelt zu haben und bezweifelte sogar, dass er seine Mundwinkel überhaupt so weit nach oben bekam.

Elisabeth war nicht besonders romantisch veranlagt – zumindest hatte sie sich bei ihm noch nie über mangelnde Romantik beschwert – und auch er selbst dachte eher pragmatisch. Sie liebte die Aufmerksamkeit und das Licht der Öffentlichkeit. James bewunderte ihre sachliche, unkomplizierte Art und natürlich auch ihre Schönheit.

Ob er sie liebte?

Er wusste es nicht ... Nicht so wie seine Eltern sich liebten, das war klar, aber sie war ihm mit Abstand der erträglichste und somit der liebste Mensch, den er kannte.

Ob sie ihn liebte?

Das fragte er sich tatsächlich manches Mal, doch selbst wenn nicht, würde es für ihn nichts ändern.

Das aufflammende Licht ließ den Zauber vergehen und die Menschen jubelten. Richard verbeugte sich lächelnd und warf den Ring in Richtung des Paares, wo

James ihn fing und in die Innentasche seines Jacketts gleiten ließ.

„Sicherheitshalber, bevor ihm noch andere Dummheiten damit einfallen", bemerkte er an seine Verlobte gewandt.

Das Publikum klatschte noch immer und wurde erst still, als der Zauberer die Hände hob: „Nun kommen wir zum letzten Teil dieser Aufführung. Für dieses finale Stück möchte ich meinen Sohn bitten, zu mir zu kommen."

James blickte sich um: Vor ihm sein Vater, der ihn erwartungsvoll ansah, rechts und links Mutter und Verlobte, die ihn durch ihren Applaus zu ermutigen versuchten und damit den Rest der Gäste erneut zum Toben brachten.

Mit spürbarem Widerwillen löste James sich aus den Polstern und begab sich neben seinen Vater.

„Was habt Ihr vor?", fragte er über eine telepathische Verbindung, als er neben ihm stand.

„Mach dir keine Sorgen, es ist alles perfekt geplant." War die Antwort, die James nicht gerade beruhigte. In seinem Magen machte sich ein dumpfes Gefühl bemerkbar.

„Ihr werdet heute Zeugen des ersten Zeitreisezaubers, der je in der Öffentlichkeit ausgeführt wurde! Ich habe lange recherchiert, Verschiedenstes ausprobiert und intensiv an diesem Zauber gearbeitet. Falls es Euch beruhigt …", er unterbrach für einen Moment und ließ seinen Blick durch die Zuschauer schweifen, „... mit dem Hund unserer Haushälterin Mrs. Channing hat es bereits ohne Probleme funktioniert!"

Lachen ertönte und auch Richard schmunzelte amüsiert. James hingegen war nicht zum Lachen zumute. Ein Zeitzauber? Er hatte noch nie von einem erfolgreichen Versuch gehört und nun wollte sein Vater den eigenen Sohn zum Versuchsobjekt machen? War er etwa vergleichbar mit dem Hund einer Hausangestellten?

„Ich halte das für keine gute Idee", protestierte er in Gedanken, doch Richard ignorierte ihn vorerst.

„Das Aufsagen des Zaubers wird genau 52 Sekunden dauern." Er warf einen Blick auf seine Taschenuhr, „Ich werde meinen Sohn James nun für genau 1 Stunde und 52 Sekunden, also die Sekunden, die ich für das Rezitieren benötige, zurückschicken. Ihr, liebe Gäste, habt diesen Raum vor etwa 55 Minuten betreten. James wird also genau 5 Minuten und 52 Sekunden bevor wir uns hier einfinden auf dieser Bühne erscheinen. Dann hat er genau diese Spanne Zeit, um hinauf in die Nische im hinteren Bereich des Theaters zu gehen. Dort wartet er die 55 Minuten der bisherigen Darbietung ab und wird direkt nach seinem Verschwinden hervortreten.

Nun entschuldigt, dass ich Euch mit all diesen Zahlen gelangweilt habe. Zusammenfassend könnte man sagen, dass James nach einem gelungenen Zauber bereits in der Nische sitzen und auf seinen Auftritt warten würde."

Fasziniert wandten sich alle der im Dunkeln liegenden Wandnische zu, doch noch war nichts zu sehen. Für einen Moment dachte James tatsächlich, eine Bewegung wahrgenommen zu haben. Er schüttelte den Kopf. Vermutlich hatten ihm seine Augen einen Streich gespielt.

„Nun, gut", die Aufmerksamkeit richtete sich schlagartig wieder auf Richard, doch immer wieder wanderten vereinzelte Augenpaare in Richtung der Wand, „3652 Sekunden liegen zwischen uns und der Antwort, ob wir hier die erste dokumentierte Zeitreise erleben werden."

Dramatisch hob Richard seinen Arm in James' Richtung. Sein Mund bewegte sich leicht und es war ein leises Murmeln zu hören.

„Vater, lasst das! Teleportiert mich einfach dort hin, keiner wird den Unterschied merken!" James ließ die telepathische Nachricht so laut durch Richards Kopf schallen, wie er nur konnte.

„Wenn du willst, dass ich den Zauber fehlerfrei spreche, solltest du mich nicht unterbrechen", erwiderte Richard ruhig, doch seine Gedanken kamen nicht flüssig.

„Dieser Zauber ist zu groß für Euch!"

Das flaue Gefühl in James' Magengegend hatte sich in Übelkeit gesteigert.

Richard antwortete nicht die Anstrengung machte sich bereits bemerkbar. Schweiß tropfte von seiner

Stirn und die Adern an den Schläfen traten deutlich pochend hervor, als er die letzten Worte sprach.

In einem Moment war James noch vom Licht der Bühne geblendet, im nächsten wurde es schlagartig dunkel. Er wurde verschluckt von einer Wolke, die so schwarz war, dass ihm nichts Vergleichbares einfallen wollte. Kurze Zeit fühlte er sich leicht wie eine Feder, bevor ihn die Erdanziehung wieder in ihre Fänge bekam und ihn schmerzhaft auf hartem Boden aufkommen ließ.

Kapitel 3

Es war noch immer dunkel, doch die absolute Finsternis war gewichen. Nach einer kurzen Weile, in der James blinzelnd im Dunkeln saß, konnte er sehr unscharf große Gegenstände erkennen, die sich um ihn herum stapelten.

Kaum kam er zur Besinnung, begann sein Herz wie verrückt zu schlagen. Irgendetwas war gewaltig schiefgegangen. Aber was? Und was bedeutete das nun für ihn?

Eine solche Hilflosigkeit hatte er noch nie verspürt. Sein Atem ging schnell, die Hände zitterten und für einen Moment befürchtete er, den Verstand zu verlieren.

Reiß dich am Riemen!

Mit geballten Fäusten kniff er die Augen zusammen und versuchte, seine Gedanken zu ordnen.

Was konnte das denkbar schlimmste Szenario sein?

Dass er in einer Zeit gelandet war, in welcher das Herrenhaus noch nicht existierte und in der es keinen Keller gegeben hatte. Dann nämlich wäre er jetzt im Erdreich gefangen, da der Keller sein logischer Ankunftsort sein musste.

Er konnte atmen und befand sich in einem Raum, was ein guter Anfang war.

Das Haus wurde seit seiner Erbauung von Gremorys bewohnt, alle ihres Zeichens Zauberer. Wenn also der zweitschlimmste Fall eintrat und er mehrere Jahrzehnte, wenn nicht Jahrhunderte, zurückgereist war, würde es Zauberer geben, die ihm helfen konnten, in die Zukunft zurückzukehren. Zumindest, wenn er sie auf den heutigen Stand der Zauberei brachte.

Nun war es also an ihm, herauszufinden, wo genau er war oder besser, in welchem Jahr.

Zufrieden stellte er fest, dass sein Herzschlag sich wieder normalisiert hatte.

Etwas Helligkeit wäre nun sehr von Nutzen …

Ein Lichtzauber, überkam es ihn, doch bevor er ein Wort sprechen konnte, ging weiter vorne im Raum eine Tür auf und ein Streifen Helligkeit beleuchtete ihn ein wenig.

Im Dämmerlicht ließ er seinen Blick umherschweifen.

Um ihn herum befanden sich Kisten, abgedeckte Möbelstücke und jede Menge Staub, der durch die Luft wirbelte. Er musste husten, während er sich langsam aufrappelte.

„Master James? Seid Ihr hier?", rief eine Frauenstimme. In der Tür konnte er nun einen Umriss erkennen.

„Master James bitte, es ist Euer Geburtstag und Euer Vater sucht bereits nach Euch!"

Die Stimme kam ihm merkwürdig vertraut vor, doch es fiel ihm schwer, sie zuzuordnen. Sie kannte den Namen Gremory und ihre Stimme war ihm bekannt, also war er wohl schon geboren, schlussfolgerte James. Wiederum ein gutes Zeichen. Vorsichtig kämpfte er sich durch die Unordnung.

Nun musste er bedacht vorgehen.

Er räusperte sich: „Entschuldigung?"

Die von außen kommende Helligkeit blendete ihn, so dass er die Hand vor die Augen halten musste. Die dunkle Silhouette im Türrahmen schien angestrengt in die Dunkelheit zu starren. Erst als er deutlich ins Licht der Türöffnung trat, taumelte die junge Frau erschrocken einen Schritt zurück. Mit großen Augen starrte sie ihn verwirrt an.

Dieses Gesicht. Irgendwo in seinem Gedächtnis begraben lag eine Erinnerung, doch er bekam sie einfach nicht zu fassen. Die blauen Augen, das blond gelockte Haar …

In einem Moment glaubte er, einen Erinnerungsfetzen zu erhaschen, im nächsten schien ihm die Lösung weit entfernt. Die schlichte, in schwarz-weiß gehaltene Kleidung sowie der Tatsache, dass sie nach einem James suchte, wies auf seine Gouvernante hin. Doch wenn sie das gewesen war, müsste er sie doch eigentlich sofort erkennen. Außerdem wirkte sie etwas jung für diese Art der Beschäftigung. Er schätzte sie auf keinen Fall älter als siebzehn, vermutlich jünger.

Egal, er hatte im Moment andere Prioritäten.

„Verzeihung, ich wollte Euch nicht erschrecken. Es handelt sich nicht zufällig um Mr James Gremory, den Ihr soeben gerufen habt?", fragte er so charmant, wie es seine angespannten Nerven zuließen. Er war inzwischen zu dem Schluss gekommen, dass sie im

Kelleraufgang standen. Er befand sich also, wie vermutet, im Herrenhaus und war an genau dem Ort aufgetaucht, an welchen sein Vater ihn zurückgeschickt hatte. Also war seine Folgerung richtig gewesen. Er musste sich nun in einer Zeit befinden, in welcher der Keller noch nicht ausgeräumt war, was die letzten vier Wochen einschloss. Außerdem hatte er Geburtstag.

Die junge Frau schien sich wieder gefangen zu haben. Sie nickte langsam. „Ja, er wird heute zehn, aber …", sie unterbrach sich und blickte in das Dunkel hinter ihm, „… wo kommt Ihr plötzlich her?"

James überhörte die Frage und dachte stattdessen laut nach:

„Zehn also … das ergibt absolut keinen Sinn!". Wieder wandte er sich an die mutmaßliche Gouvernante: „Ich möchte bitte mit dem Hausherren sprechen."

Sie wirkte unschlüssig und musterte ihn nachdenklich.

„Ich …", sie ließ ihren Blick zwischen ihm und der Treppe hin- und herspringen, „ich weiß nicht. Er ist mit der Festgesellschaft im Garten. Ich denke nicht, dass er gestört werden möchte."

„Im Garten, ja?" Ohne sie weiter zu beachten, lief er an ihr vorbei die Treppe hinauf, links durch den Salon und hinaus aus der großen, verglasten Tür.

Hier war alles prächtig geschmückt. In Bäumen und Büschen hingen magische Lichter, ein Buffet stand am Rande der Feiernden, die sich auf der Wiese zum

Tanz versammelt hatten und hinter der Festgesellschaft stand eine kleine Bühne. Nachdem sich ein großer Teil der Gäste unterhielt oder sich in der Mitte der Szenerie im Kreis drehte, nahm James an, dass die Aufführung dieses Abends bereits beendet war.

Sein Herz begann wieder schneller zu schlagen. Er versuchte krampfhaft, ruhig zu bleiben und nicht zu viel darüber nachzudenken, dass er gleich seinem zehn Jahre jüngeren Vater gegenüber stehen würde.

Richard stand etwas abseits der Tanzfläche und unterhielt sich mit Lord Wainwright, dessen Haaransatz sich zum früheren Abend – Oder sollte man späteren sagen? – deutlich nach vorne verschoben hatte.

Die junge Frau war ihm gefolgt und hatte ihn mit einigen hilflosen „Aber, Ihr könnt doch nicht!" und „Ich bitte Euch!" davon abzuhalten versucht, ihren Herren zu stören. James beachtete sie nicht und unterbrach seinen Vater mitten im Satz.

„Ich muss dringend mit Euch sprechen!"

Richard blickte fragend zu James' unfreiwilliger Begleitung, die neben ihm zum Stehen gekommen war.

„Es tut mir sehr leid, Mr Gremory, ich habe versucht, ihn aufzuhalten!"

„Schon gut, Alice", beschwichtigte Richard das aufgebrachte Mädchen.

Alice? Vor seinem inneren Auge leuchteten vereinzelt Bilder auf, doch keines bekam er wirklich zu fassen. Er konnte sich einfach nicht erinnern.

„Geh doch bitte und sieh nach James." Der Hausherr sprach sanft, aber bestimmt. Die junge Frau nickte und warf dem älteren James einen letzten prüfenden Blick zu, bevor sie in der Menge verschwand.

Richard wartete, bis sie sich entfernt hatte, dann sprach er an James gewandt: „Was ist denn so Dringliches?"

James versuchte, seinen Geist zu fokussieren und das Chaos in seinem Kopf für einen Moment in den Hintergrund zu drängen.

„Wir sollten an einen vertrauteren Ort gehen als diesen hier", bemerkte er und blickte Lord Wainwright dabei direkt an, der sich daraufhin an seinem Wein verschluckte.

„Bitte", klang stimmlos ein Gedanke durch Richards Kopf.

In dessen Augen blitzte es verwundert. Die Botschaft, die nur ein Zauberer ihm hatte schicken können, weckte seine Aufmerksamkeit.

„Wäre mein Arbeitszimmer genehm?"

„Ja, natürlich."

Während sie nun in Richtung des Herrenhauses gingen, versuchten sie, einander einzuschätzen. James fragte sich, wie sein Vater reagieren würde. Fassungslos? Wütend?

Wie selbstverständlich fand er zwei Schritte vor Richard die Tür zum Arbeitszimmer, brach den Bann, der sie verschloss, und trat ein. Noch eine Frage, die Richard beschäftigen würde.

„Wer seid Ihr?", donnerte die Stimme des Hausherren mit untypischer Härte, sobald die Tür zurück ins Schloss gefallen war.

James blickte seinen Vater ruhig an. In ihm tobte ein Sturm aus Gefühlen, doch nach außen gab er sich gelassen.

„Das wisst Ihr doch schon längst", stellte er fest, „Euch fehlen nur noch das Wie und Warum."

Einen Moment lang sahen sich die beiden Männer schweigend in die Augen.

„James …", stellte Richard langsam fest, „Möchtest du mich dann bitte über die weiteren Umstände aufklären?"

Den Blick immer noch lauernd auf seinen Sohn geheftet, ging er um den großen Schreibtisch aus dunklem Kirschholz herum und nahm dahinter Platz.

James schlenderte zum Fenster und wies hinaus auf die Bühne.

„Ich war heute in zehn Jahren auf der Aufführung zu meinem zwanzigsten Geburtstag, bei der Ihr ein gigantisches Finale geplant hattet." Den letzten Worten hatte er einen bitteren Unterton verliehen.

Richard nickte langsam, äußerte sich jedoch nicht weiter.

„Ein Zeitreisezauber! Kein bekannter Zauberer, nicht einmal in zehn Jahren, wird einen erfolgreich belegten Versuch vorzuweisen haben und Ihr kamt auf die geniale Idee, Euren Sohn an seinem Geburtstag zur Belustigung der Gäste in die Vergangenheit zu schicken."

Spätestens zu diesem Zeitpunkt hätte er eine Reaktion erwartet: Ungläubigkeit, Zorn, Belustigung, wenigstens ein Stirnrunzeln. Doch sein Vater hatte lediglich die Fingerkuppen aneinandergelegt und konzentriert gelauscht. Nachdem nun eine Pause eingetreten war, hob er kurz den Kopf: „Mir erschließt sich nicht ganz, warum ich dich gerade zehn Jahre in die Vergangenheit geschickt habe."

„Das war auch nicht der Plan. Euer eigentlicher Plan war 1 Stunde und 52 Sekunden, aber wie Ihr vielleicht bemerkt habt, liegt zwischen Vorhaben und Ausführung fast ein Jahrzehnt!"

Nun kam eine Reaktion von Richard, doch es war nicht die, die James sich erhofft hatte.

Die Miene seines Vaters verzog sich erst zu einem Lächeln, dann lachte er heiter auf.

„Ihr lacht?", empörte sich sein Sohn, der seine Wut nun nicht mehr unter Kontrolle hatte, „Ich habe noch versucht, Euch von diesem Zauber abzuhalten. Bis zum Schluss habe ich Euch telepathisch Nachrichten geschickt, aber Ihr habt mich ja ignoriert!"

„Ich fasse es nicht, dass ich es in gerade einmal zehn Jahren geschafft haben werde, meinen Sohn über eine so lange Strecke hinweg durch die Zeit zu transportieren. Bitte verzeih mir meine Freude über diesen Erfolg."

Er wurde wieder ernster. „Du hast also versucht, mich aufzuhalten?"

„Ja", erwiderte James grimmig. Er musste die Leistung seines Vaters durchaus anerkennen, doch das war nicht der Punkt.

„Mit Telepathie?", fragte Richard weiter.

„Ich war der Meinung, herumzuschreien und Euch zu Boden zu werfen, wäre zu viel des Guten gewesen. Allerdings denke ich inzwischen etwas anders darüber. Wäre ich dem Impuls gefolgt, würden wir uns vermutlich jetzt nicht gegenüberstehen."

„Du hast während eines so komplizierten Spruchs telepathischen Kontakt zu mir aufgenommen?"

Langsam bemerkte James, in welche Richtung das Gespräch verlief und sie gefiel ihm ganz und gar nicht.

„Was hättet Ihr denn vorgeschlagen?"

Sein Vater zuckte mit den Schultern: „Mir zu vertrauen?"

James schnaubte: „Habe ich nicht gerade erwähnt, dass Zeitzauber auch heute noch nicht alltäglich sind? Ihr habt Euren eigenen Sohn einem solchen Wagnis ausgesetzt!"

„Ich würde sagen, es ist in etwa so wagemutig, wie mit einem Zauberer während eines Zaubers telepathischen Kontakt aufzunehmen."

Der junge Mann schwieg verbissen, während er überlegte, wie er aus dieser Diskussion noch als Sieger hervorgehen könnte.

Richard unterbrach die Stille jedoch, bevor ihm ein geistreicher Kommentar einfallen wollte.

„Aber nun lass uns herausfinden, wie wir auf die 10 Jahre kommen", schlug Richard vor, und James ging gerne auf den Themenwechsel ein. Er war immer noch wütend, doch er war es gewohnt, seine Gefühle nicht nach außen dringen zu lassen.

„Geplant waren 1 Stunde und 52 Sekunden", überlegte er.

„Das sind 60 Minuten und wieder 52 Sekunden", führte sein Vater weiter aus.

„Oder auch 3652 Sekunden, wie Ihr es unter anderem auf der Bühne ausdrücktet"

James' Gesicht erhellte sich etwas.

„Bei einer so merkwürdigen Zeit würdet Ihr die Angabe im Spruch doch in Sekunden machen, nicht wahr?"

„Ja", bestätigte Richard langsam, „zehn Jahre haben 3650 Tage …"

„Plus zwei Schaltjahre!", warf James nun mit fast kindlicher Aufregung ein.

„3652 Tage, da haben wir es!", rief sein Vater euphorisch und schlug mit der Faust auf den Schreibtisch.

„Nun ja, leider hilft uns diese Erkenntnis auch nicht dabei, mich zurückzubringen", fiel James ernüchtert ein. Das kurze Aufleuchten seiner Augen war verglüht.

„Hm", entgegnete Richard, „Anscheinend hilft es nichts, dass ich nun von dem Missgeschick weiß.

Augenscheinlich hält mich das in der Zukunft nicht davon ab, es zu wiederholen."

„Wir wissen zu wenig über Zeitzauber, um einschätzen zu können, ob es nur eine Zeitlinie gibt und ob Entscheidungen, die wir in der einen treffen, sich auf die andere auswirken", erwiderte James schulterzuckend, „Es wird uns wohl nichts anderes übrig bleiben, als den Zauber hier erneut zu entwickeln."

Der Blick seines Gegenübers fiel auf einen Stapel Dokumente, der sich auf seinem Schreibtisch angesammelt hatte: „Nun ja, ich habe meine Arbeit als Bürgermeister etwas schleifen lassen, um den Auftritt heute Abend zu erarbeiten und weitere Verzögerungen …", er sah zu James hinüber, der ihn fixierte, „Aber es wird sich wohl kaum vermeiden lassen und deine Rückkehr hat natürlich absolute Priorität!"

James seufzte tief. Er merkte erst jetzt, wie ihn die ganze Angelegenheit erschöpft hatte. Vermutlich würde er sich mit dem Gedanken anfreunden müssen, einige Zeit hier zu verbringen.

„Gut, was tun wir in der Zwischenzeit? Was sagen wir den Leuten, einschließlich Mutter und meiner jüngeren Wenigkeit?"

„Wir sollten deine Identität womöglich geheim halten. Wer weiß, welche Auswirkungen dein Hiersein hat, da müssen wir dieses Risiko nicht auch noch eingehen." Es folgte eine kleine Pause, in der Richard überlegte. „Am besten sagen wir, du wärst ein entfernter Verwandter. Dein Zweitname Henry wäre eine gute Alternative und er kommt in meiner Familie häufig. Dazu noch Stewart, wie der Mann meiner Cousine? Das wäre dann Henry Stewart."

James nickte: „Einverstanden."

„In Ordnung. Ich würde sagen, das war genug Aufregung für heute. Ich lasse ein Gästezimmer für dich richten."

Als James oder auch Henry – an diesen Namen musste er sich nun wohl gewöhnen – sich in das frisch aufgeschüttelte Kissen fallen ließ, drehte sich noch immer alles in seinem Kopf. Unglaublich! Er hatte die Kräfte seines Vaters völlig unterschätzt. zehn Jahre. Was für eine Magie dafür nötig war! Und wofür nutzte er sie? Zur Belustigung der feinen Gesellschaft!

Eigentlich hatte er vor, sich noch weiter aufzuregen: Über seinen Vater, seinen Geburtstag und die ganze Situation, doch überrascht stellte er fest, dass von all der Wut nichts übrig geblieben war. Die Erschöpfung hatte alles andere verdrängt. Sie breitete sich in seinem ganzen Körper aus und ließ seine Augen schwer werden. Entwaffnet gab er auf und sank in einen tiefen Schlaf.

Kapitel 4

Am nächsten Morgen war James' Laune an einem neuen Tiefpunkt angelangt. Er hatte schlecht geträumt. Das Schreien eines Mädchens war durch seinen Schlaf gedrungen und das Plätschern von Wasser, doch er erinnerte sich nur an Bruchstücke.

Als er ganz in Gedanken zum Frühstück herunterkam, begrüßte ihn seine Mutter oder besser gesagt, die jüngere Version seiner Mutter. Nicht, dass die Jahre bei Mary einen großen Unterschied gemacht hätten.

„Jamie, du bist ja so groß geworden und so gut aussehend!" sprudelte es aus ihr heraus, während sie verzückt seine Wangen tätschelte.

Zunächst stand James wie vom Donner gerührt da und ordnete seine Gedanken. Hatten sie gestern nicht besprochen, seine Identität geheim zu halten? Mary schien zu ahnen, was in seinem Kopf vorging. Als sie damit fertig war, ihn zu bewundern und er endlich Gelegenheit fand, sich zu setzen, nahm sie neben ihm Platz und erklärte: „Du denkst doch nicht wirklich, dein Vater könnte etwas vor mir geheim halten? Er war gestern Abend ganz aufgeregt. Ist das nicht unglaublich, was er da zustande gebracht hat?"

„Wie gut, dass Ihr nicht aufgeregt seid", murmelte James und nippte an dem Tee, den seine Mutter vor ihn hingestellt hatte.

„Es bleibt natürlich unter uns, wer du wirklich bist. Unser kleines Geheimnis."

Verzückt starrte sie ihn an. Mein Werk, dachte sie sich wohl, wobei James ihr widersprochen hätte. Er war der festen Überzeugung, sich selbst erzogen zu haben und mit dem Ergebnis war er durchaus zufrieden. Schließlich war es ihm gelungen, seinen klaren Verstand gegen die verklärte Sicht, die seine Eltern auf die Menschheit hatten, zu verteidigen.

Plötzlich wurde die Tür zum Speisezimmer geöffnet und sein Vater trat mit einem überschwänglichen: „Guten Morgen", ein. Im Licht des Tages fiel auf, dass sein Haar noch vollständig schwarz war. Keine einzige graue Strähne war zu entdecken. James wollte schon einen abfälligen Kommentar bezüglich seiner Diskretion Mary gegenüber zum Besten geben. Gerade noch rechtzeitig bemerkte er, dass eine weitere Person den Raum betrat.

Es überlief ihn ein kurzer Schauer, als er sich auf einmal selbst gegenüber saß. Klein James dagegen schien ihn gar nicht zu registrieren, während er teilnahmslos nach Brot und Marmelade griff.

Die Wangen waren, wie in seiner Erinnerung, pummeliger, die Augen größer und die Haare trug er heute kürzer, dennoch erkannte er sich in dem kindlichen Gesicht wieder.

„Jamie, Schatz, hast du gut geschlafen?"

Jamie – er hatte den Spitznamen schon immer gehasst – verteilte mit bewundernswerter Hingabe Erdbeermarmelade auf einer Scheibe Brot.

„Liebling, wir haben Besuch. Einen entfernten Cousin namens Henry Stewart", versuchte es nun Richard.

„Guten Tag, ich hoffe, Ihr hattet eine angenehme Reise. Wie war Eure Nachtruhe? Ich wünsche Euch einen schönen Aufenthalt", sagte der Junge brav, ohne auch nur einmal den Blick zu heben. Dann rutschte er von seinem Stuhl, nahm den Teller vom Tisch und strebte in Richtung Ausgang.

„In der Bibliothek wird nicht gegessen, hörst du?", rief seine Mutter ihm nach.

James drehte sich um und verzog den Mund. „Aber ich bin doch ganz vorsichtig, Mutter!"

Faszinierend, dachte Henry – der sich langsam in seiner neuen Rolle zurechtfand. Die erste Gefühlsregung des Tages, mit dem einzigen Zweck, zu bekommen, was er wollte. Und dann noch die Art der Ansprache: Mary war noch nie glücklich darüber gewesen, dass er sie bei ihrem Vornamen nannte. Die Bezeichnung Mutter war also dafür vorgesehen, ihr Wohlwollen zu erlangen, was auch wirklich gut funktionierte. Er war beinahe ein wenig stolz auf sich.

Als James dann noch ein: „Bitte, Mutter", anschloss und sie liebreizend anlächelte, hatte der Kleine die Schlacht gewonnen.

„In Ordnung, ich werde Alice dann zu dir hinüber schicken."

„Ja, ja", hörte man noch, bevor die Tür ins Schloss fiel.

Alice. Schon wieder dieses Mädchen. Was tat sie hier? Warum hatte er keine Ahnung, wer sie war?

„Wir müssen wirklich strenger mit ihm sein!", gab Richard zu bedenken und legte die Stirn in Falten.

„Ich weiß. Beim nächsten Mal", erwiderte seine Frau.

Die große Standuhr im Flur schlug halb acht.

„Oh, schon so spät!", bemerkte Mary.

„Spät für was?", fragte Henry.

Kaum hatte er die Frage ausgesprochen, bereute er sie schon wieder.

„Es ist Samstag, der Benimmunterricht beginnt in einer halben Stunde."

Als ihr Sohn immer noch nicht zu begreifen schien, setzte Mary sich wieder. Kein gutes Zeichen, wie Henry beunruhigt feststellte.

„Der Unterricht, an dem auch Lissy teilgenommen hat und Alice Collins, deine Gouvernante. Sag bloß, du erinnerst dich nicht daran? Ich habe dieses Projekt vor einigen Jahren ins Leben gerufen, um Mädchen aus den niederen Schichten der unseren näherzubringen."

Alice war also seine Gouvernante.

Der junge Zauberer blickte Mary mit großen Augen an. Diesen etwas ungläubigen Ausdruck schien sie jedoch misszuverstehen, denn sie erzählte munter weiter:

„Zusammen mit jungen Adeligen wie Lissy, die ihnen bei der Verinnerlichung des Gelernten helfen sollen, bringe ich ihnen Tänze, Manieren bei Tisch, korrekte Aussprache und Ähnliches bei."

Die Augen seiner Mutter leuchteten und in Henrys Kopf drehte sich alles. Tatsächlich erinnerte er sich kaum an diesen Unterricht. Entfernt wurde ihm bewusst, dass Mary der ehemalige Schulraum später als Atelier dienen würde. Wie schnell er solche Details vergessen hatte. Doch an die Gouvernante hatte er nach wie vor keinerlei Erinnerung.

Ein Benimmunterricht für niedere Schichten …

Mary war eine unverbesserliche Optimistin! Als wenn irgendeiner dieser Tölpel jemals über seinen Stand hinaus kommen würde, nur weil er wusste, wie man eine Gabel richtig hielt.

„Findet in deiner Zeit denn kein Unterricht mehr statt?"

Die Stimme seiner Mutter ließ Henry aufhorchen.

„Nein", begann er, wurde jedoch vom anderen Ende des Tisches unterbrochen.

„Keine Fragen über die Zukunft, Liebes!", ermahnte Richard. „Außerdem …", er wies hinaus in die Eingangshalle, wo der Schlag der Uhr anzeigte, dass weitere fünfzehn Minuten vergangen waren.

„Oh, ja!", rief seine Frau erschrocken und verließ rasch das Zimmer.

„Gut geschlafen?", fragte sein Vater, als sie allein waren. Henry gab nur ein Grummeln von sich und biss lustlos in eine trockene Scheibe Brot.

„Ich lag stundenlang wach", erinnerte sich Richard mit einem Lächeln, „In welch wunderliche Situation wir da geraten sind."

„Wunderlich? Ihr seid Zauberer, Wunder sind sozusagen Euer Tagesgeschäft."

„Und dennoch kann mich noch etwas überraschen. Ist das nicht wunderbar, um bei den Wundern zu bleiben?" Der Zauberer zwinkerte.

„Ja, ganz wundervoll", bemerkte Henry unterkühlt, „Wann beginnen wir mit dem Zauber?"

***

Tick, Tack, Tick, Tack …

Außer dem Geräusch der Standuhr, das vom Flur in den Salon drang, war nichts zu hören.

Turm oder Springer? Schon mehrfach hatte Alices Hand über dem Spielbrett geschwebt, bis jetzt war sie jedoch immer wieder unverrichteter Dinge in ihrem Schoß gelandet.

Von links wurde ungeduldiges Klappern von Schuhen laut, die sich ihnen näherten.

„Schach matt in drei Zügen!", erklärte Elisabeth, als sie neben James zum Stehen gekommen war.

„Gib einfach auf und erspare dir eine weitere Demütigung."

Alice sah missmutig zu ihr hinüber. Elisabeth hatte sich an die Stuhllehne ihres Gegenübers gelehnt und grinste hämisch. James wirkte gelangweilt und tippte abwechselnd mit den Fingern auf die Tischplatte.

„Ich weiß, dass ich nicht besonders gut bin. Aber ohne Übung wird es auch nicht besser", verteidigte sich Alice und schob demonstrativ ihren Springer zwei Felder nach rechts und eines nach vorne, um ihren König zu schützen.

„Ich dachte, du seist hier, um zu arbeiten und nicht, um Schach zu üben", bemerkte Elisabeth, „Oder lehrst du James, mit Langeweile umzugehen?"

Übermütig warf sie den Kopf zurück.

Alice zwirbelte die Spitze ihres geflochtenen Zopfes und sah sie trotzig an.

Hatte ihre Mutter nicht immer gesagt, dass jeder seine Makel hatte? Manch einer hat kein schönes Gesicht, ist dafür aber intelligent. Ein anderer ist hübsch und ist zum Arbeiten nicht zu gebrauchen … Alices Blick wanderte prüfend über Elisabeths Gesicht. Wo war ihr Makel? Warum war sie so perfekt? Sie war schön, humorvoll, intelligent, sie hatte Geld und am wichtigsten: James' Gunst.

Er bewunderte Elisabeth, himmelte sie regelrecht an. Was Alice auch versuchte, er war bloß genervt und entwischte ihr so oft er konnte. Was machte sie falsch? Sie war neidisch auf Elisabeth. Nicht wegen ihres Geldes oder ihrer Schönheit, sondern weil James sie so sehr mochte.

***

Erschöpft ging Henry die Treppe hinab. Den ganzen Tag hatten sie gearbeitet, doch wirklich weit gekommen waren sie nicht. Seine Heimkehr schien in weite Ferne gerückt.

Die Liste der Dinge, die sie erledigen mussten, war lang. Theoretisch musste sein Körper in kleinste Teilchen zersetzt und dann durch einen Zeittunnel geschickt werden. Dabei durfte dieser nicht in sich zusammenfallen, bevor Henry sein Ziel erreicht haben würde. Dann sollte sein Körper auf der anderen Seite wieder korrekt zusammengefügt werden. So viel zur Theorie. Allein die Sicherheitsvorkehrungen, die erarbeitet werden mussten, um eventuelle Gefahrenquellen auszuschalten, bereiteten Henry Kopfschmerzen.

Mit den Händen in den Taschen nahm er die letzte Stufe und wandte sich in Richtung Salon. Einen Moment blieb er überrascht stehen. Am Tisch saßen sein jüngeres Selbst und Alice vor einem Schachbrett. Letztere starrte ihn prüfend an – ihr war wohl nicht entfallen, dass er am Tag zuvor einfach im Keller aufgetaucht war. Doch sie war es nicht, die Henrys Aufmerksamkeit fesselte.

Elisabeth stand da, die Arme auf James' Lehne gestützt, und blickte neugierig zu ihm herüber. Sie musste nun fünfzehn sein, doch mit ihrer Schönheit und Anmut erfüllte sie den Raum bereits wie eine Königin. Ein merkwürdiger Gedanke schoss ihm durch den Kopf: Zum ersten Mal in seinem Leben würde er ihr auf Augenhöhe begegnen! Natürlich war er in der Zukunft größer als sie, doch trotz allem war sie älter. Nun war er ihr fünf Jahre voraus. Ein entfernter Verwandter von James, hoch gewachsen, nicht gerade unansehnlich … Würde sie sich unter diesen Umständen auch in ihn verlieben? Entsetzt verscheuchte er diesen Einfall wieder. Er wollte doch nicht seine zukünftige Verlobung aufs Spiel setzen! Dennoch juckte es ihn in den Fingern. Ein Fremder, der in wenigen Tagen wieder verschwunden wäre, würde Elisabeth doch kaum derart nachhaltig beeinflussen …

„Schach", erklärte James plötzlich und Henry wurde auf einen Schlag bewusst, dass er Elisabeth anstarrte.

„James, Ihr habt mir ja gar nicht erzählt, dass Ihr Besuch habt."

Noch ein Grund, warum er sie mehr schätzte als alle anderen: Sie nannte ihn bei seinem richtigen Namen.

James zuckte mit den Schultern. Er blickte ihn nun zum ersten Mal direkt an.

„Henry Stewart, irgendein Verwandter, meinte Vater."

Alice schwieg verbissen und zupfte an ihren Haaren herum. Es war ihr anzusehen, wie gerne sie eine Bemerkung ob seines merkwürdigen Erscheinens verloren hätte.

„Ja, ich kam gestern Abend an. Leider etwas verspätet. Was soll ich sagen? Die Kutscher heutzutage … Zu allem Überfluss habe ich mich dann auch noch verlaufen und bin im Keller gelandet. Ihr könnt Euch vorstellen, dass ich mich dann erst einmal zurückgezogen habe."

Henry hatte nun all seine Sinne wieder beisammen. Charmant griff er nach Elisabeths Hand und berührte sie kurz mit seinen Lippen.

***

Im Keller verlaufen? Alice zweifelte sehr an dieser Geschichte, doch sie hielt den Mund. Elisabeth kicherte verzückt. Der geheimnisvolle Verwandte schien sich seiner Wirkung auf Elisabeth bewusst zu sein. Wirklich ein gut aussehender Mann, wie Alice zugeben musste. Irgendwie besonders. Sie war sich durchaus im Klaren, wie gewöhnlich sie selbst aussah: ein unscheinbares Gesicht, mit wässrig-blauen Augen, das kaum bemerkenswert war. Das Einzige, was an ihr auffiel, waren die blond gelockten Haare, die sie einfach nicht in den Griff bekam und die deshalb meist zusammengebunden waren.

Ohne dass es einen Sinn gehabt hätte, bewegte sie ihren König einen Schritt nach hinten und ließ sich Matt setzen.

Kapitel 5

Nachdem sie einem Schachspiel zwischen James und Henry beigewohnt hatten, welches Letzterer knapp gewonnen hatte, rief Mrs Channing zum Abendessen.

Die pummelige, kleine Frau war die gute Seele des Hauses und durchaus streng, was die Arbeit der Dienerschaft anging. Nach Dienstschluss aber hatte Rosemary Channing stets ein offenes Ohr und eine Tasse heißen Tee für „ihre Mädchen", wie sie die ihr unterstehenden jungen Frauen nannte.

Alice war gern im Haus der Gremorys angestellt. Sie konnte sich auch nicht beschweren. Doch hin und wieder schlugen ihr die Launen ihres Schutzbefohlenen aufs Gemüt. Mutter und Bruder wollte sie mit ihren Sorgen bezüglich James nicht behelligen. Erstere war durch ihr Asthma gesundheitlich angeschlagen und konnte keine Aufregung vertragen und George ... nun ja, er hatte seine eigenen Probleme.

Mrs Channing war anders. Sie wusste, wie ihr junger Herr war und sie kannte auch Elisabeth. Bei ihr nach Feierabend den Ballast abzuwerfen war, als würde man die Uhr zurück auf Anfang drehen. Es gab Alice die Kraft, dem nächsten Tag mit neuem Mut und Enthusiasmus entgegenzutreten.

Als die anderen nun aus dem Salon an der rotwangigen Dame vorbeischritten, zwinkerte sie Alice mit ihren kleinen Augen zu und ein Lächeln machte sich auf ihrem runden Gesicht breit.

„Die Herrschaften fragen, ob du ihnen beim Dinner Gesellschaft leisten möchtest?"

Dieselbe Frage wie jeden Abend, seit Alice vor einem halben Jahr ihren Dienst angetreten hatte.

„Ja, sehr gerne." War die übliche Antwort, bevor sie den anderen nacheilte.

Mrs Collins – Alices Mutter – fand es nach wie vor ungehörig, dass ihre Tochter diese Einladungen annahm. Sie meinte, es handle sich dabei um reine Höflichkeit, ohne dass die Gremorys in Erwägung ziehen würden, dass sie annahm. In jedem anderen Haushalt hätte sie recht gehabt.

Nie hatte Alice Menschen aus der Oberschicht kennengelernt, die so aufrichtig, offen und freundlich waren wie ihre Herren. Sie meinten es ernst, wenn sie Alice Abend für Abend an ihren Tisch baten.

Als sie den Speisesaal betraten, saßen Mr und Mrs Gremory bereits.

„Entweder ganz oder gar nicht", bemerkte der Hausherr gerade an seine Frau gewandt.

„Glaubst du nicht, dass es Wichtigeres gibt als die Färbung der Blätter?", erwiderte diese, „Es gibt noch genug, woran du dich austoben kannst. Die Auswahl der Musik zum Beispiel."

Mr Gremory schien nicht zufrieden, doch als die Gruppe sich zu ihnen gesellte, strahlte er wieder übers ganze Gesicht.

„Guten Abend. Schön, dass Ihr noch hier seid, Miss Williams. Ihr scheint einen positiven Einfluss auf James zu haben. Er wirkt heute nicht ganz so verstimmt wie sonst."

Das hätte er besser nicht sagen sollen. James, der neben seiner Mutter Platz nahm, versuchte nun, noch grimmiger dreinzuschauen.

Alice versetzte die Bemerkung einen kleinen Stich. Das war mit Sicherheit nicht die Absicht ihres Herren gewesen. Es sollte ein Kompliment an Elisabeth sein, doch Alice führte es einmal mehr vor Augen, wie unbeliebt sie selbst bei ihrem Schützling war.

Elisabeth setzte sich zu James, womit Alice nichts anderes übrig blieb, als sich neben Henry Stewart an die gegenüberliegende Tischseite zu setzen.

„Und, hattet Ihr einen schönen Nachmittag?", fragte Mrs Gremory, während das Essen gebracht wurde.

„Ja, vielen Dank", erwiderte Elisabeth liebreizend, „Stellt Euch vor, James hat doch tatsächlich jemanden gefunden, der ihm beim Schach das Wasser reichen kann."

„Ich würde mich als Erwachsener sicher nicht von einem Zehnjährigen so in die Enge treiben lassen", verteidigte sich der junge Hausherr. Alices Tischnachbar lächelte daraufhin gequält und neigte sich etwas zur Seite, als eines der Hausmädchen Suppe reichte.

„Habt Ihr vor, länger bei Euren Verwandten zu verweilen?" Elisabeth würdigte die junge Frau, welche die Suppe auftrug, keines Blickes und nippte an ihrem Wein.

„So lange, wie es nötig ist", erwiderte Henry.

Alice bedankte sich, als die Dienerin an ihren Platz herantrat und ihr den Teller füllte. Sie erwiderte das Lächeln zurück und verschwand so lautlos, wie sie gekommen war.

Mr Gremory erklärte in der Zwischenzeit, dass Henry ebenfalls Zauberer sei und wegen eines Zaubers hier hergekommen war, den sie gemeinsam entwickelten.

„Oh, wirklich? Werden wir ihn denn zu sehen bekommen?"

Elisabeth wirkte durch und durch begeistert. Alice war klar, dass sie ihre Fühler ausgestreckt hatte. James war zwar wohlhabend, aber auch noch sehr jung. Bis er sie heiraten würde, müsste sie sich gedulden. Mit Henry würde sich das erübrigen. Dennoch wusste sie noch nicht über dessen finanziellen Hintergrund Bescheid. Sie würde sich beide in der Hinterhand halten, doch falls es mit dem ominösen Verwandten funktionieren sollte, würde sie James ablegen wie sie es mir den Kleidern der letzten Saison tat. Obwohl Alice manchmal wünschte, Elisabeth wäre weniger hier, täte es ihr doch leid für James. Er vergötterte Elisabeth.

„Nun, vielleicht irgendwann einmal." Henry grinste schief. Ihm gefiel die Aufmerksamkeit des schönen Mädchens, das war deutlich zu sehen.

„Bis irgendwann kann ich nicht warten", echauffierte Elisabeth sich, doch ihre Lippen umspielte ein Lächeln. „Ich verlange eine private Vorstellung, sobald der Zauber fertiggestellt ist!"

„Wir werden sehen, was sich machen lässt", warf Richard lachend ein, „aber wenn Ihr Euch gerne Kunststücke anseht, solltet Ihr auf das Herbstfest nächste Woche kommen. Mary und ich haben uns gerade darüber unterhalten."

„Selbstverständlich", versicherte Elisabeth. „Das lasse ich mir nicht entgehen! Werdet Ihr auch dort sein, James?", band sie den Jungen wieder mit ein, der das Gespräch zwischen ihr und Henry misstrauisch beäugt hatte.

Nein, würde er nicht. Da war sich Alice sicher. James hasste Menschenansammlungen und Feierlichkeiten. Selbst an seinem eigenen Geburtstag war er vor den Gästen geflohen. Er würde den Tag viel lieber in der Bibliothek mit Lesen verbringen oder kleinere Zauberkunststückchen üben.

„Ihr könntet mich begleiten. Sicher würden mich alle beneiden, wenn ich mit dem Sohn des Bürgermeisters dort auftauchte." Elisabeths zierliche Hand lag auf seiner Schulter, die dunklen Augen blickten auffordernd in seine. Alice hielt die Luft an.

„Natürlich, ich hatte sowieso vor, Euch zu fragen." James sagte dies ganz selbstverständlich und machte sich gleich wieder daran, seine Suppe zu löffeln.

Ja, sie hatte es wieder einmal geschafft, ihn nach ihrem Sinn springen zu lassen – ganz ohne, dass er es überhaupt merkte.

„Ja, wirklich?" Mary, die bis jetzt schweigend dem Gespräch gelauscht hatte, war entzückt. „Ich wusste gar nicht, dass du überhaupt vorhattest, zu kommen. Das freut mich wirklich sehr. Ach Lissy, Ihr seid in letzter Zeit so häufig hier, möchtet Ihr nicht gleich für eine Weile bleiben? Die Fahrerei zwischen Eurem und unserem Haus würde sich erübrigen und Ihr könntet direkt von hier aus zum Fest."

„Sehr gerne", erwiderte Elisabeth erfreut, „Wenn es recht ist, würde ich heute Abend nachhause fahren und morgen mit Gepäck zurückkommen."

„Aber, gerne. Ich werde die Diener anweisen, ein Zimmer zurechtzumachen. Ihr tut James wirklich gut. Er ist so viel offener, wenn Ihr hier seid."

„Ja, sie hat ihn gut im Griff", murmelte Alice, die Augen auf ihren Teller gerichtet. Sie wollte ja wirklich, dass ihr junger Herr glücklich war, doch diese Manipulation behagte ihr nicht. Wer sagte denn, dass es so schlimm war, ein wenig ernster oder auch verschlossener, als andere zu sein? Nun gut, ein wenig Offenheit würde ihm womöglich wirklich nicht schaden, doch auf diese Art und Weise kam es ihr einfach nicht richtig vor.

Sie hatte so leise gesprochen, dass sie nie darauf gekommen wäre, dass sie jemand hören könnte, doch als sie aufsah, bemerkte sie Mr Stewarts prüfenden Blick auf sich ruhen. Hatte er etwa mitbekommen, was sie so unbedacht von sich gegeben hatte?

Im Hintergrund plätscherte die Unterhaltung weiter. Richard erzählte gerade, was er sich für den Festabend noch vorgenommen hatte, doch Alice bekam davon nichts mit. Ihre Wangen begannen zu glühen, als sich das Blut in ihnen sammelte, und in ihren Ohren rauschte es.

Würde er sie gleich vor allen bloßstellen? War ihre Stellung in Gefahr?

Er schien zu überlegen. Seine Finger drehten das Weinglas in seiner Hand, während er weiter in ihre Augen sah. Die seinen waren von einem faszinierenden Grün mit grauen Sprenkeln. Fast wie die von James. Scheinbar ein häufig auftretendes Merkmal in dieser Familie.

Sie versuchte daran zu denken und nicht an seine eventuellen Absichten.

Nach einer gefühlten Ewigkeit konnte sie ihm nicht mehr standhalten und senkte den Blick – der Dinge harrend, die folgen würden. Doch es geschah nichts.

Alice erschrak, als sie plötzlich Mary Gremory ihren Namen sagen hörte.

„Wie bitte?", entschuldigte sie sich.

„Ob deine Mutter auch kommen wird?" Sie lächelte Alice an und ihre Stimme klang freundlich wie immer.

Aus dem Augenwinkel konnte sie sehen, dass Henry sie nicht länger anstarrte. Er widmete sich weiter der Vorspeise.

Alle Anspannung fiel von ihr ab.

„Ich weiß noch nicht genau, gnädige Frau. Sie würde sehr gerne, aber es kommt ganz auf ihren Zustand an."

„Ich hoffe sehr, dass sie es schafft. Es würde ihr sicher gefallen."

Die Anteilnahme klang ernstgemeint und Alice wurde warm ums Herz.

„Vielen Dank, ich werde ihr von Mr Gremorys Bemühungen für das Fest erzählen, dann wird sie sicher die Kraft finden."

Kapitel 6

Das weitere Abendessen verlief in seichter Konversation.

Als sie gesättigt waren, wurde Elisabeth nach Hause gebracht, und auch Alice machte sich auf den Heimweg. James ging auf sein Zimmer und Richard und Mary machten es sich im Salon gemütlich.

Henry war zwiegespalten. Sein Kopf war voller Gedanken und er wusste, dass er sich nun kaum auf den Zauber oder ein Buch würde konzentrieren können. Draußen war es bereits dunkel, nur am Horizont war noch ein Streifen Orange zu sehen.

Der junge Zauberer fühlte sich eingesperrt. Wie ein Tiger, der im Zirkus an den Gitterstäben seines Gefängnisses auf- und abläuft, dachte er, als er ziellos eine Runde durch das Haus ging. Wieder in der Eingangshalle angekommen, hörte er das klare Lachen seiner Mutter aus dem Salon.

Ohne dass er es erklären konnte, war es ihm, als wäre er ausgeschlossen. Nicht von dem Gespräch seiner Eltern, sondern aus dieser Zeit. Sie gehörte nicht ihm. Sie hatte ihm gehört, vor zehn Jahren, doch nun war er ein Außenstehender. Er war ein Zuschauer und das gefiel ihm nicht.

Henry nahm seinen Mantel und trat aus der Tür des Herrenhauses. Leise schloss er sie hinter sich und lief die drei Treppenstufen hinab. Knirschend landete er auf dem Kiesweg, der durch den Park in die Stadt führte. Es war kalt geworden, und selbst der dünne Streifen, der vor kurzem noch den Horizont erhellt hatte, war nun von Dunkelheit erfasst.

Die Laternen, die rechts und links den Weg säumten, gingen an, sobald er sich ihnen näherte. War er an einer vorüber, erlosch sie wieder. Eine Spielerei, die sich sein Vater ausgedacht hatte.

Henry achtete nicht auf die Lichter.

Jeder Atemstoß erzeugte eine Dampfwolke, die von seinem Mund aufstieg. Fröstelnd ließ er die Hände in die Manteltaschen gleiten. Was hatte ihn eigentlich so aufgewühlt? Er war doch bis jetzt sehr gut zurechtgekommen …

Alice! Ihr Kommentar war der Auslöser gewesen. Wie hatte dieses junge Frau ihn so aus der Bahn werfen können?

Er hatte die Pappelallee nun hinter sich gelassen und betrat das kleine Wäldchen, welches das Anwesen mit der Stadt verband. Im sanften Schein der Laternen waren noch ein paar bunte Blätter zu erkennen, doch abgesehen von den Tannen, hatten die meisten der Bäume einen Großteil ihrer Blätter bereits abgeworfen. Der Kiesweg war von ihnen übersät und beim Laufen raschelte es.

Henry blieb einen Moment stehen und sog die harzige Luft ein. Ein Blick in den Himmel verriet ihm, dass der Mond aufgegangen war. Die Sterne schimmerten blass am schwarzen Firmament, doch das Licht der Lampen ließ ihre Anzahl nur erahnen.

„Sie hat ihn gut im Griff …"

Alices Stimme hallte in seinem Kopf nach.

Wollte sie damit etwa andeuten, er würde sich von Elisabeth manipulieren lassen?

Er wusste selbst am besten, wie man die Fäden zog. Wie man die Menschen glauben machte, es wären ihre eigenen Entscheidungen gewesen, während sie genau das taten, was man wollte. Dieses Mädchen glaubte wirklich, er würde nicht merken, wenn mit ihm dasselbe geschah?

Henry nahm seinen Schritt wieder auf.

Natürlich gefiel ihm Elisabeth – heute wie in zehn Jahren – und selbstverständlich wollte er ihr imponieren. Nun, mit zwanzig war das nicht besonders schwer, aber mit zehn musste man sich schon ein wenig anstrengen, um die Gunst einer Fünfzehnjährigen zu erringen.

Nur weil er tat, was sie wollte, hieß das nicht, dass sie ihn lenkte. Er ließ sie lediglich in dem Glauben, doch eigentlich manipulierte er Elisabeth. Oder?

Missmutig stapfte er weiter.

Die ersten Häuser hatte er bereits erreicht. Es handelte sich vor allem um Villen mit großzügigen Grundstücken. Hinter vielen der Fenster brannte Licht und hin und wieder huschte eine Silhouette an einem von ihnen vorbei.

Der Kiesweg war zu einer breiten, gepflasterten Straße geworden, die leicht bergab zum Marktplatz führte. An ihrem Ende konnte er bereits das Rathaus erkennen. Es überragte die Gebäude um sich herum und war auch um diese Stunde noch hell erleuchtet.

Je näher er dem Platz kam, desto enger drängten sich die Häuser. Sie waren jetzt wesentlich einfacher als die Villen zuvor, hatten aber immer noch prächtige Fassaden. Vereinzelt liefen Menschen umher. Diener erledigten Botengänge oder gingen nach Feierabend ihrem eigenen Leben nach. Feine Damen und Herren kamen von späten Spaziergängen zurück und nickten Henry zu.

Am Marktplatz strebten Arbeiter und Mittelständler ins hiesige Wirtshaus. Ein riesiger Baum stand direkt vor dem Rathaus. Rechts davon begrenzte eine Kirche den Platz.

Sie war noch größer als das Rathaus, lag allerdings völlig im Dunkeln. Die restlichen Gebäude hier waren vor allem Geschäfte mit ausladenden Schaufenstern. Eines pries die neueste Hutmode an, ein anderes das beste Backwerk. Es gab ein Geschäft mit Süßwaren und eines mit Stoffen.

Richard liebte diesen Ort, weil hier Menschen aller Klassen aufeinandertrafen. Henry wollte das gar nicht bestreiten, doch nur, weil sich die verschiedenen Schichten hier begegneten, hieß das noch lange nicht, dass sie etwas miteinander zu tun hatten. Keiner ihres

Standes war je in dem Gasthaus gewesen. Keiner der Arbeiter in dem Hutladen. Man akzeptierte die anderen, ging sich aber so gut es ging aus dem Weg.

Eine Kutsche fuhr klappernd an ihm vorbei und hinterließ den Geruch von Pferden.

Was genau wollte er eigentlich hier?

Für einen Moment spielte er mit dem Gedanken, zurückzugehen. Der Schlag der Kirchenglocke und ein Blick auf das Zifferblatt sagten ihm, dass es halb sieben war. Bis er sich schlafen legen würde, dauerte es noch. Ob er nun hier oder im Haus umherging, machte kaum einen Unterschied.

Er wandte sich nach rechts, weg vom Wirtshaus, aus dem Lachen und Stimmengewirr drangen. Er lief an der Kirche vorbei, die wie ein schwarzes Monstrum über ihm aufragte. Hier führte eine breite Straße nach Osten, von der kleinere Gassen abzweigten.

Henry entschied sich für eine der Nebengassen, die in einen rechtwinkligen Hof führte. Das Gebäude, welches diesen umschloss, beherbergte Wohnungen. Hier und da war das Flackern einer Kerze hinter einer Fensterscheibe zu erkennen, ansonsten war es still. Efeu rankte sich entlang der Hauswände und in jeder Ecke des kleinen Platzes stand ein Baum. Henry konnte bei dem schwachen Licht der einzigen Laterne, die in der Mitte des Pflasters stand, nicht erkennen, um was für Bäume es sich handelte. Nachdem sich sein Interesse für Botanik jedoch in Grenzen hielt, legte er auch keinen Wert darauf, es herauszufinden. Stattdessen setzte er sich auf eine der Bänke, die sich unter den Bäumen befanden.

Die Kälte des Steins drang mit solcher Heftigkeit durch seinen Mantel, dass er zusammenzuckte. Schnell murmelte er ein paar Worte, und wohlige Wärme breitete sich in ihm aus. Wie froh er doch war, Zauberer zu sein!

Entspannt lehnte er sich zurück und betrachtete von seiner im Dunkel liegenden Sitzgelegenheit die umliegenden Fenster.

Eine Frau mit einem kleinen Mädchen im Arm und einer Kerze in der Hand erschien gerade im zweiten Stock. Sie stellte das Licht auf dem Fensterbrett ab und hob das Kind in die Höhe. Dann entschwand die Kleine aus seinem Sichtfeld. Vermutlich wurde sie zu Bett gebracht, dachte Henry, als sich die Frau mit einem Buch in der Hand an das Fenster setzte.

Es beruhigte ihn, die Szenerie zu beobachten, zu sehen, wie sich ihre Lippen hinter der Scheibe bewegten.

Seine Augen wanderten weiter an der Fassade entlang. Er sah mehrere Jungen hinter zwei Fenstern vorüberlaufen, einen Kater, der neugierig nach draußen blinzelte und eine alte Dame, die in einem Schaukelstuhl schlummerte.

Ganz in die Bilder hinter den Fensterscheiben vertieft, bemerkte Henry die Gestalt, die den Hof betrat, erst in dem Moment, als diese bereits voll im Licht der Laterne stand.

Es handelte sich um einen jungen Mann, höchstens zwei Jahre jünger als er. Sein blasses Gesicht blickte sich nervös um.

Henry saß in der dunkelsten Ecke des Hofs und da er sich nicht bewegte, wurde er nicht entdeckt.

Wohnte der junge Mann hier? Nein, sicher nicht, dafür war er zu vornehm gekleidet. Sein Mantel war etwas dünn für diese Jahreszeit, doch das störte ihn anscheinend nicht.

Er schien sich für eine Richtung entschieden zu haben, denn plötzlich hielt er zielstrebig auf einen der Bäume an der gegenüberliegenden Seite des Platzes zu.

Überrascht stellte Henry fest, dass der Fremde ein Seil unter seinem Mantel hervorzog. Gerade nahm er es auseinander und sah unschlüssig zu den Ästen hinauf. Sein Atem ging stoßweise und die Hände krampften sich um das Seil.

Was hatte er vor?

Er würde doch nicht …?

Mit einem großen Schritt war der Fremde auf der Bank und reckte sich nach oben.

Henrys Verdacht erhärtete sich.

Er konnte sich doch nicht … hier und jetzt vor seinen Augen …!

Etwas ungeschickt versuchte der junge Mann, das Seil um den Ast zu werfen.

Was sollte er tun? Er konnte doch unmöglich zusehen, wie sich jemand erhängte und sich dann zuhause ins

Bett legen! Aber was würde passieren, wenn er ihn aufhielt? Ein Selbstmord bedeutete einen großen Einschnitt im Leben vieler. Von trauernden Verwandten über Erbschaften bis hin zu Ansprüchen, die sich durch seinen Tod ergeben würden. Ihn davon abzuhalten, sich umzubringen, könnte die gesamte Zukunft verändern.

Der Fremde hatte es inzwischen geschafft, das Seil in Position zu bringen, und band das andere Ende um den Stamm.

Henry stand auf und lief eilig zu dem jungen Mann hinüber.

„Kann ich dir helfen?", fragte er, ohne sich selbst darüber im Klaren zu sein, was er damit bezwecken wollte. Sollte er ihm etwa noch dabei helfen, die Schlinge zu binden?

Der Angesprochene zuckte erschrocken zusammen und wäre fast von der Bank gefallen.

Der aufgebrachte junge Mann hatte rotblondes Haar, das ihm wirr in sein noch kindliches, weichgezeichnetes Gesicht fiel.

„Tut mir leid, ich wollte dich nicht erschrecken." Henry wies auf das Seil: „Vielleicht hilft es, darüber zu reden?"

Oh ja, … er war wirklich schlecht in solchen Dingen!

Der Fremde schien sich wieder gefangen zu haben: „Es ist nicht das, wonach es aussieht." Seine Stimme klang zittrig und unsicher. Mit den Worten schwang auch eine deutliche Alkoholfahne zu Henry herüber.

„Du wolltest dich also nicht erhängen?"

Der Blick des jungen Mannes wanderte zwischen dem Seil und Henry hin und her. Seine Augen waren groß und unterstrichen sein kindliches Aussehen zusätzlich.

„Nun gut, womöglich ist es das, wonach es aussieht."

Eine Pause entstand.

„Mein Name ist Henry Stewart", erklärte der Zauberer dann und streckte seinem Gegenüber die Hand entgegen.

„Andrew Wainwright." Stellte dieser sich vor und griff zu.

„Verwandt mit John Wainwright?", fragte Henry überrascht.

„Er ist mein Onkel", erwiderte Andrew und stieg unbeholfen von der Bank.

Der junge Mann war nicht besonders sicher auf den Beinen. Ob das nun am Alkohol lag oder an der Situation, konnte Henry nicht beurteilen.

Überrascht stellte er fest, dass sein Gegenüber nur wenig kleiner war als er selbst. Das jugendliche Äußere schien zu täuschen.

Erneut wusste keiner von beiden, was er sagen sollte.

„Warum wolltest du denn …?" Der Zauberer nickte in Richtung des Baumes.

Die Augen des jungen Mannes wanderten ziellos umher: „Wegen einer Frau."

„Was hat sie denn getan?"

„Es geht eher darum, was sie nicht getan hat", murmelte Andrew und seine Hände ballten sich zu Fäusten.

Henry verstand nicht ganz. Vielleicht bildeten die Liebesromane, welche seine Mutter so gerne las, doch ein wenig. Zumindest in dieser Situation wären sie ihm eine große Hilfe gewesen.

„Sie hat mir einfach nicht mehr geantwortet. Ich war es ihr nicht einmal wert, sich zu erklären!"

Andrews Körper begann unheilvoll zu beben und Henry war sich nicht sicher, ob er gleich beginnen würde zu weinen oder um sich zu schlagen.

„Nun ja, das klingt nach einer längeren Geschichte." Er räusperte sich: „Wie wäre es, wenn wir das Seil abnehmen würden? Ich denke, das brauchen wir heute Abend nicht mehr. Dann gehen wir zum Haus deines Onkels und währenddessen kannst du mir alles erzählen."

Der Vorschlag schien zu wirken. Das Zittern hörte auf und Andrew nickte.

Henry verzichtete lieber auf Zauberei und löste das Seil auf die altmodische Art. Er wollte den Verschmähten nicht noch zusätzlich verunsichern.

Dann geleitete er ihn zum Marktplatz zurück und weiter in das Villenviertel.

Andrew schien es zu erleichtern, seine Leidensgeschichte loswerden zu können, er machte zumindest keine Anstalten, sich doch noch umbringen zu wollen.

Er kam aus London, wo er sich in eine junge Dame aus der Mittelschicht verliebt hatte. Es hatten wohl einige heimliche Treffen stattgefunden und er hatte sich gute Chancen bei ihr ausgemalt. Allerdings hatte diese sich dann wohl anderweitig orientiert. Alles in allem war die Sache glimpflich für Andrew ausgegangen. Das fand auch seine Familie, nachdem er ihr alles gebeichtet hatte. Um seinen Liebeskummer zu vergessen, war er nun zu seinem Onkel geschickt worden, weg vom Trubel der Stadt. Am vorigen Tag war er angekommen. Er war wütend auf die junge Frau, die ihn verlassen hatte, aber noch mehr hatte ihn der Zorn auf seine Familie gepackt: Sie nahm ihn und seine Gefühle nicht wirklich ernst. Stattdessen tat sie, als handle es sich bloß um eine schlimmere Erkältung, bei der ihm eine Luftveränderung das Atmen erleichtern würde.

Henry vermutete, dass Andrew nicht nur wegen des Mädchens sein Leben beenden hatte wollen. So wie er über seine Eltern sprach, hatte er das dringende Bedürfnis gehabt, ihnen durch seine Tat klar zu machen, dass sie im Irrtum waren, dass seine Liebe echt und unsterblich war.

Der Alkohol hatte wohl sein Übriges getan.

Während der junge Wainwright seine Geschichte erzählte, erinnerte sich Henry an die Schlagzeile, die am Tag darauf durch ihr Städtchen ging. Beziehungsweise die Schlagzeile, die durch das Städtchen gegangen wäre. In seiner Zeit war Andrew tot, der Neffe des hochgeschätzten Stadtratmitgliedes hatte sich vor Liebeskummer an einem Baum aufgeknüpft. Ausgerechnet an diesem Abend war ihm eingefallen, spazieren gehen zu müssen! Ihm wurde ganz schlecht, wenn er bedachte, was er getan hatte und welche Auswirkungen das haben würde.

Andrew auf jeden Fall wirkte, als hätte man ihm eine zentnerschwere Last von den Schultern genommen. Als sie vor dem Anwesen seines Onkels angekommen waren, legte er Henry die Hände auf die Schultern.

„Ich habe nachgedacht!"

„Ach, ja?" fragte Henry überrascht.

„Es war ein Zeichen, dass du heute Abend an diesem Ort warst. Ein Zeichen, dass ich leben soll! Ich werde diese Frau nie vergessen, doch diese Welt hat noch Großes mit mir vor."

Henry schluckte.

„Ich danke dir, Henry Stewart. Ich bin sicher, wir werden uns wiedersehen!" Mit diesen Worten ließ er ihn stehen.

Der junge Zauberer blieb verdutzt zurück. Bei dieser Wandlung vom seelischen Wrack zum lebenshungrigen Abenteurer kam er nicht mit.

Wenn Andrew wüsste, was das Leben ursprünglich mit ihm vorgehabt hatte …

Noch in Gedanken bei dieser Begegnung, machte sich Henry auf den Weg zurück nachhause.

Kapitel 7

Es waren einige Tage vergangen, seit Henry in der Stadt auf Andrew getroffen war. Henry hatte die Geschehnisse des Abends für sich behalten und war zur Tagesordnung übergegangen.

In jener Nacht war er auf sein Zimmer zurückgekehrt und fand die frisch gewaschene und gebügelte Kleidung vor, die er während seiner Zeitreise getragen hatte. Doch etwas anderes stach ihm ins Auge: der Verlobungsring. Jener Ring, den er an sich genommen hatte, nachdem sein Vater ihn als Projektionsmedium benützt hatte. Er lag auf dem säuberlich gefalteten Kleiderstapel und funkelte matt im Schein des Kaminfeuers.

Der Ring inspirierte Henry zu einem Plan.

In zehn Jahren würde er mit Elisabeth verlobt sein. Er sah diese Verbindung im Grunde pragmatisch. Sie war eine schöne Frau, seinem Stand angemessen, intelligent und darüber hinaus begehrte er sie mehr, als er es sich eingestehen wollte. Dennoch musste er zugeben, dass es ihn zunehmend interessierte, wie sie zu ihrer Verbindung stand.

Was fühlte sie für ihn?

Als erwachsener Mann, der er nun war, hatte er die Chance, dem auf den Grund zu gehen. Wenn er Elisabeth jetzt dazu brächte, ihn zu lieben, konnte er sich dieser Liebe wirklich sicher sein.

Bevor er zurück in die Zukunft ging, könnte er ihr dann den Ring anstecken und ihr eröffnen, wer er war.

Wie würde sie sich wohl all die Jahre nach ihm verzehren, wenn sie wüsste, was aus dem kleinen, dicklichen Jungen werden würde?

Gedanken an das, was geschehen könnte, wenn sie sich nicht in ihn verliebte, machte er sich vorerst nicht.

Elisabeth verbrachte nun zwar Tag und Nacht im Haus der Gremorys, doch neben der Arbeit an dem Zauber, blieb Henry kaum Zeit, die er mit ihr hätte verbringen können. Recherchen, Berechnungen und Versuche verschlangen einen Tag nach dem anderen. Lediglich beim Essen konnte er sich ihr nähern. Sein Vorhaben schien langsam in weite Ferne zu rücken. Doch an diesem Tag hatte sie ihn gefragt, ob er sie und James auf das Herbstfest begleiten wolle. Das Fest war noch eine Woche entfernt, aber spätestens dort würde sich die Gelegenheit ergeben, sie in seinen Bann zu ziehen.

Noch warf sein jüngeres Ich ihm böse Blicke zu, wenn er mit Elisabeth sprach, bald würde es ihm möglicherweise dankbar sein.

Gerade lief Henry die Treppen in den ersten Stock hinauf, wobei ihm James und dessen momentaner Hauslehrer begegneten. Offensichtlich auf dem Weg nach draußen für eine praktische Lektion.

Henry erinnerte sich gut an den Mann mittleren Alters. Der Name fiel ihm nicht ein, doch er wusste noch, dass dieser es fast ein halbes Jahr bei ihm ausgehalten hatte. Jeder einzelne Tag davon musste ihm Kopfschmerzen bereitet haben.

Der Lehrer grüßte ihn freundlich, doch sein Lächeln wirkte etwas gequält. Henry nickte nur und steuerte auf das Arbeitszimmer seines Vaters zu.

Dieser saß bereits in ein Schriftstück vertieft hinter dem Schreibtisch, als sich sein Sohn in einen Ohrensessel fallen ließ.

„Sagt mir", begann Henry, „wieso gebt Ihr es nicht langsam auf mit den ganzen Hauslehrern?"

Richard sah fragend auf.

„Was meinst du?"

„Na ja, der ständige Wechsel, immer neue Anwärter. Seien wir mal ehrlich, zaubertechnisch konnte mir keiner der Spaßvögel jemals das Wasser reichen. Die meisten Sprüche hatte ich mir bereits selbst aus Büchern angeeignet."

Sein Vater legte das Papier zur Seite und faltete die Hände.

„Ich weiß."

Henry zog überrascht die Augenbrauen nach oben.

„Ihr wusstet das? Warum habt Ihr dann nicht aufgehört immer wieder neue Lehrer ins Haus zu bestellen? Wieso habt Ihr mich nicht selbst unterrichtet?"

„Nun …", Richard zögerte einen Moment. „Weil du mich nicht gebraucht hast, um die Zauberei zu erlernen."

Henry verstand gar nichts mehr.

Sein Gegenüber seufzte und kam langsam um den Schreibtisch herum. Richard lehnte sich an die Tischkante und verschränkte die Arme.

„Die Lehrer gibt es aus demselben Grund, aus dem es auch Alice gibt."

„Und der wäre?" Auch Henry hatte nun die Arme ineinander verschränkt.

„Respekt."

Das Wort stand einige Sekunden im Raum, bevor der junge Mann darauf reagierte.

„Respekt?"

„Ja." Richard sprach langsam und überlegt. „Es mag merkwürdig klingen, aber ich dachte, du würdest mit der Zeit vielleicht lernen, Respekt zu haben. Vor anderen Zauberern, egal wie stark sie sind. Respekt vor ihrer Erfahrung, ihrem Alter. Genauso ist es mit Alice. Meine …, die Hoffnung deiner Mutter und mir war, dass du durch sie die andere Seite unserer Gesellschaft kennenlernst. Mit ihr als deiner Gouvernanten hast du eine Angestellte in deinem Umfeld, mit der du mehr als mit den Zimmermädchen oder der Köchin zu tun hast. Du solltest sehen, wie sie die Welt wahrnimmt und Respekt gegenüber diesen Menschen lernen, die jeden Tag hart für ihre Existenz und die ihrer Familien arbeiten müssen."

Henry war verblüfft. So hatte er das noch nie gesehen.

„Nun, ja." Richard seufzte und schaute verdrießlich drein.

„Nimm es mir nicht übel, aber ich habe nicht das Gefühl, dass es funktioniert hat."

Nein, das hatte es wohl nicht, dachte Henry.

Sehen, wie sie die Welt wahrnimmt … Er erinnerte sich nicht einmal mehr daran, Alice als Gouvernante gehabt zu haben. Wieso eigentlich? Sogar dieser Lehrer war ihm mehr im Gedächtnis geblieben.

Für einen Moment überlegte er, ob er seinen Vater nach dem Mädchen fragen sollte und ob er sich vorstellen konnte, warum Henry nichts mehr von ihr wusste. Er verwarf den Gedanken jedoch sofort wieder. Vermutlich war ihm durch die Zeitreise einfach etwas durcheinander geraten.

Henry musste zugeben, dass ihn Richards Worte betroffen machten. Er dachte auf einmal nicht mehr mit Stolz an die vergraulten Angestellten zurück, sondern mit einem Anflug von Scham.

„Ich gebe mir selbst die Schuld daran, dass es so ist. Ich bin so sehr mit der Verwaltung der Stadt beschäftigt und dachte, es würde sich schon geben." Richard lief durch das Zimmer und holte die Unterlagen, an denen sie gerade arbeiteten, aus einer Schublade. Er kam zurück, breitete sie auf dem Schreibtisch aus und ließ sich wieder auf seinem Stuhl nieder.

„Vielleicht ist das hier meine Chance, es besser zu machen. Jetzt wo ich meine Fehler kenne, kann ich vielleicht noch etwas ändern." Er warf seinem Sohn über die Papierstapel einen schuldbewussten Blick zu.

Henry fühlte sich plötzlich unwohl.

War er tatsächlich so missraten, dass sein Vater ein schlechtes Gewissen wegen seiner Erziehung hatte?

Er war doch immer stolz darauf gewesen, so einen klaren Blick auf alles zu haben. Keine verklärte Schönrederei – für ihn zählten Fakten. Doch gerade war er sich nicht mehr sicher, ob er sich selbst bloß etwas vormachte.

Dachte sein Vater in der Zukunft ähnlich? Warum hatten sie noch nie darüber gesprochen? Wieso war er eigentlich so, wie er war? So ganz anders als seine Eltern?

Als er merkte, dass die Zweifel überhandnahmen, spürte er, wie sich eine Mauer zwischen ihm und seinen Gedanken hochzog.

Er würde doch nicht wegen Richards Worten sein gesamtes Leben in Frage stellen! Sie hatten wahrlich Besseres zu tun, als über Erziehungsfragen zu diskutieren.

Henrys Geist fokussierte sich.

Er hatte ein Ziel vor Augen und das lag zehn Jahre in der Zukunft.

„Nun Vater, da Ihr Euch dies von der Seele geredet habt, wollen wir endlich weiterarbeiten?"

Kapitel 8

„Ist es nicht ein perfekter Tag?", fragte Elisabeth.

Seit Henrys Gespräch mit Richard war eine Woche vergangen. Sie hatten das Thema nicht noch einmal angeschnitten und konzentriert vor sich hingearbeitet.

Henry verdrängte jegliche Zweifel über sein bisheriges Leben und besann sich lieber auf die direkt vor ihm liegenden Ziele. Eines davon lief gerade neben ihm über den Kiesweg und blickte zum blauen Himmel empor.

„Ein Tag, wie gemacht für ein Fest."

Henry nickte zustimmend.

Das Herbstfest stand bevor. Seine Abneigung gegen Feierlichkeiten wurde überlagert von seinem Wunsch, Elisabeth näher zu kommen.

Er hatte sich mit ihr zusammen einige Meter von Mary, Alice und einem grimmig dreinschauenden James entfernt. Richard war bereits am Morgen hinunter in die Stadt gegangen, um letzte Vorbereitungen zu treffen. Alice trug ein blassgelbes Kleid, das trotz seiner Schlichtheit im Kontrast zu ihrer üblichen Arbeitskleidung stand. Über die Schulter hing ihr eine rechteckige, lederne Tasche.

Henry hatte das Gefühl, als wäre ihr nicht ganz wohl in ihrer Haut. Sie bewegte sich hölzern und ihr Lächeln wirkte unsicher. Sie war einer jener Menschen, die nicht gerne auffielen, ging es ihm durch den Kopf. Wobei die

Sorge aufzufallen neben Elisabeth unbegründet war. Ihre dunklen Haare waren geflochten und hochgesteckt, das orangefarbene Kleid leuchtete in der Sonne.

Als sie zu ihm hinübersah, senkte er schnell den Blick. Es fiel ihm schwer, sie nicht anzustarren.

„Wie gefällt es Euch hier, Mr Stewart, vermisst Ihr Eure Heimat?", fragte Elisabeth in unverfänglichem Ton.

„Nicht wirklich", erwiderte er, „Die Stadt, aus der ich komme, ist vergleichbar mit dieser hier. Es gibt dort allerdings keine einzige Frau, die an Eure Schönheit heranreicht. Wieso sollte mir also etwas fehlen?" Er versuchte sich nicht anmerken zu lassen, wie lange er an diesem Satz gefeilt hatte.

Es schien sich gelohnt zu haben. Elisabeth kicherte geschmeichelt und schlug ihn sanft mit der Kante ihres Fächers. „Ich wusste ja gar nicht, dass Ihr so charmant seid, aber wie sollte ich das auch bemerken, wenn Ihr ständig von unserem Gastgeber in sein Arbeitszimmer entführt werdet."

Verschwörerisch senkte sie ihre Stimme: „Nun sagt schon, was für einen Zauber heckt Ihr dort aus?"

Auch auf diese Frage war Henry vorbereitet.

„Ich befürchte, die Details würden Euch langweilen, Miss Williams. Im Grunde geht es um die Verschiebung von Teilchen innerhalb verschiedener Zeitlinien."

Elisabeth legte ihre sonst so glatte Stirn in Falten und wirkte einen Moment lang so, als würde sie scharf nachdenken.

„Und welchem Zweck dienen diese Studien?"

„Nun, im Grunde sind es nicht mehr als theoretische Überlegungen zu verschiedenen Ansätzen." Er hoffte inständig, sie würde sich damit zufrieden geben, und tatsächlich schien ihre Neugier befriedigt zu sein.

Sie waren mittlerweile auf der gepflasterten Straße angekommen. Eine leichte Brise trieb Musik und Stimmengewirr vom Rathausplatz zu ihnen herauf.

„Bei Zauberei denkt man unwillkürlich an etwas Aufregendes, Gefährliches, aber wie man sieht, steckt dahinter auch viel trockene Theorie."

„Das ist wohl wahr." Henry verlangsamte nach und nach seinen Schritt. Es war sein erstes richtiges Gespräch mit Elisabeth in dieser Zeit und er wollte nicht, dass es durch den Festlärm unterbrochen wurde.

„Das Fest ist für die Bewohner hier eine willkommene Abwechslung", stellte er mit Blick auf die Menschen um sie herum fest, die alle in dieselbe Richtung strebten.

Elisabeth lachte hell auf. Irritiert stellte Henry fest, dass eine Spur Bitterkeit darin lag.

„Wir leben hier am Ende der Welt. Friedlich, ja, aber auch furchtbar langweilig." Sie wies auf die Häuser um sie herum. „Das Aufregendste im Alltag der Menschen hier ist der Klatsch und Tratsch, den sich die Weiber zuflüstern, als wäre es das Neueste aus dem Königshaus. Ein Fest wie dieses bietet da Gesprächsstoff für das nächste halbe Jahr: Wer hat mit wem getanzt, welches Kleid trug die Frau des Bürgermeisters, welche Dame hat welchem Herrn bedeutungsvolle Blicke zugeworfen ..." Sie seufzte.

Henry, der das ruhige Leben in der Kleinstadt stets geschätzt hatte, warf Elisabeth einen nachdenklichen Blick zu.

Wie weit ging ihr Wunsch nach einem aufregenderem Leben? Einem Leben, das er ihr kaum bieten konnte oder vielmehr wollte.

Bevor er weiter darüber nachdenken konnte, zeichnete sich auf Elisabeths Gesicht schon wieder ein Lächeln ab. Es galt allerdings nicht ihm, sondern zwei Personen, die gerade einer Kutsche entstiegen.

„Kommt, Mr Stewart, ich stelle Euch meine Eltern vor."

Henry stockte für einen Moment der Atem.

Damals wie heute – oder zukünftig wie heute, je nachdem, wie man es nahm – bereitete ihm Harriett Williams Unbehagen.

Das falsche Lächeln war ihr wie ins Gesicht gemeißelt und stand im deutlichen Gegensatz zur gerunzelten Stirn. Diese hatte bereits deutliche Falten in dem sonst so makellosen Gesicht hinterlassen.

Arthur Williams dagegen besaß so gut wie keine Mimik. Mit der Glatze und dem traurig herunterhängenden Schnauzer wirkte er immer unzufrieden, ohne auch nur einen Muskel rühren zu müssen.

Harrietts Lächeln fror noch mehr ein, als sie näher kamen und ihr Blick auf Mary fiel. Diese hatte inzwischen zusammen mit James und Alice zu ihnen aufgeschlossen.

„Lissy, Liebes!"

Harrietts Stimme klang erfreut, doch ihr Gesicht blieb unbewegt, während sie energisch mit ihrem Fächer herumwedelte.

„Mrs Gremory, wie schön Euch zu sehen! Das Wetter meint es gut mit uns."

Mary ließ sich nicht anmerken, ob sie die unterschwellige Abneigung spürte. Ihr Lächeln war offen wie immer.

„Mr und Mrs Williams, es freut mich, dass Ihr es geschafft habt. Darf ich Euch unseren Verwandten Mr Stewart vorstellen? James und Miss Collins kennt Ihr ja bereits."

„Ah ja, Lissy hat uns schon berichtet, dass derzeit ein weiterer Gast bei Euch weilt."

Sie musterte Henry von oben bis unten. Ihr Blick ließ seine Eingeweide zusammenschrumpfen. Übelkeit machte sich in ihm breit.

Wie konnte Elisabeth nur so liebreizend sein, während ihre Mutter so unangenehm war?

Augenscheinlich hatte er den optischen Test seiner zukünftigen Schwiegermutter bestanden. Zumindest widmete sie sich nun seinem jüngeren Ich.

Auch James schien nicht ganz wohl in der Nähe dieser Frau zu sein. Im Gegensatz zu Henry konnte er sein Empfinden jedoch nicht so gut verbergen. Er zupfte nervös an einem Knopf seines Mantels, als Harrietts Blick auf ihm ruhte.

„Na, wie geht es dem jungen Hausherren heute?"

James gab keinen Ton von sich, weshalb seine Mutter für ihn antwortete: „Er ist ein wenig nervös. Mr Gremory hat fast die gesamte Planung übernommen und James fühlt mit ihm, ob alles funktioniert."

Nun, das war zwar nicht ganz die Wahrheit, aber es erfüllte seinen Zweck. Mrs Williams fragte nicht weiter nach.

„Dann lasst uns das Werk Eures Gatten doch einmal bestaunen." Ohne eine Reaktion der anderen Anwesenden abzuwarten, drehte sie sich in Richtung Festplatz, der nun direkt vor ihnen lag. Die anderen folgten ihr widerstandslos.

Diese Frau war es gewohnt, dass man tat, was sie wollte, schoss es Henry durch den Kopf.

Eigentlich war es genau das, was Alice von Elisabeth behauptet hatte. Diese Bemerkung – sie habe ihn gut im Griff – war ihm lange im Kopf geblieben und spukte auch jetzt wieder in seinen Gedanken umher. War es dasselbe Prinzip, nur mit einer anderen Herangehensweise? Machte Harriett ihren Willen direkt und unmissverständlich klar, während ihre Tochter den Menschen unbemerkt ihren Willen aufzwang?

Schnell verscheuchte er seine Bedenken wieder.

Diese Hirngespinste waren nur das Resultat von Missgunst seitens eines Kindermädchens. Natürlich, wer wäre nicht neidisch auf Elisabeth?

Dennoch, ein leiser Zweifel blieb.

Der Platz vor dem Rathaus war wie verwandelt: Um die Eiche herum standen vier lange, geschmückte Tafeln im Quadrat über denen ein riesiger Kronleuchter hing. Er schwebte praktisch zwischen den Zweigen und wog bestimmt eine Tonne. Es war ein aufwendiger Zauber, einen so schweren Gegenstand derart lange an einem Punkt zu halten, ohne sich ständig darauf zu konzentrieren. Wieder einmal musste er seinem Vater mehr Macht zugestehen, als er ihm zugetraut hatte.

Goldgelb und weinrot gefärbte Blätter wirbelten durch die Luft, ohne dass Wind spürbar war. Begleitet wurden sie von leiser Musik. Flötenklänge tanzten über die Menge, die verzückt umhersah.

Auf den Stufen des Rathauses waren Instrumente platziert, die auf ein Orchester schließen ließen.

Ein Podium befand sich im Schatten der Kirche und Henry befürchtete sofort, sein Vater wolle erneut eine Darbietung zum Besten geben. Doch das Bühnenbild – welches wohl das Innere eines prächtigen Gebäudes darstellen sollte – sprach eher für ein Theaterstück.

Lange gebogene Bänke mit Rückenlehnen befanden sich vor dem Podium und gaben mit Sicherheit Platz für über hundert Menschen.

Die Gruppe steuerte in Richtung Bühne, neben welcher der Bürgermeister stand und konzentriert auf ein Blatt Papier starrte.

Als Mary seinen Namen rief, glättete sich Richards Stirn und ein Lächeln trat auf sein Gesicht.

„Schön, dass Ihr hier seid. Guten Tag Mr und Mrs Williams, es freut mich, dass Ihr kommen konntet."

„Eine wirklich reizende Szene, die Ihr geschaffen habt!" Harriett sah sich um, doch Henry entging nicht der Hauch Missbilligung in ihrem Blick.

Arthur nickte lediglich.

Henry hatte erst wenige Male erlebt, dass sein künftiger Schwiegervater gesprochen hatte. Es gab eigentlich nur zwei Themen derer er sich herabließ, ausgiebige Gespräche zu führen: Jagen und Kriegsführung. Weder das eine noch das andere fand Henry besonders interessant. Einmal hatte er sich auf eine Unterhaltung über die Jagd eingelassen und daraus gelernt, es nicht noch einmal darauf ankommen zu lassen.

„Nun, Ihr werdet noch viel Gelegenheit haben, das Fest zu genießen", bemerkte Richard, „Leider muss ich Euch nun schon wieder verlassen."

Er warf seiner Frau einen entschuldigenden Blick zu.

„Ich werde gleich meine Rede halten, doch heute Abend, wenn die Sonne untergeht, wird getanzt. Dann gehöre ich ganz dir!"

Mary lächelte liebevoll. „Stell dich darauf ein, dass ich dich dann nicht mehr so schnell gehen lassen werde."

Wie ein junges, verliebtes Paar, dachte Henry, als Richard Mary noch einen langen Blick zuwarf und in Richtung Rathaus verschwand.

Die Rede, die kurz darauf folgte, war Henry eine Spur zu pathetisch. Der Wein, welcher danach gereicht wurde, zu süß.

Er hätte ihn am liebsten weggeschüttet – oder an James weitergegeben, der sowieso beleidigt war, weil er keinen bekommen hatte. Abgesehen vom Geschmack, vertrug Henry nicht viel und um Elisabeth näher zu kommen, brauchte er einen klaren Kopf.

Henrys Aufmerksamkeit fiel auf Alice, die mit fast vollem Glas dastand und etwas verloren wirkte. Sie lächelte zaghaft, als sie seinem Blick begegnete.

„Wie wäre es, wenn wir uns ein wenig umsehen?", fragte Elisabeth auf einmal hinter ihm, woraufhin sich Henry, der gerade einen Schluck nehmen wollte, fast verschluckte.

„Ja, geht ruhig", bekräftigte ihre Mutter, „Wir werden erst einmal etwas zu uns nehmen."

„Richard hat die vier Tische extra im Quadrat stellen lassen, damit alle gleichberechtigt an der Seite sitzen", erklärte Mary den wenig interessierten Zuhörern, bei denen es sich nun nur noch um Elisabeths Eltern handelte.

Henry war mit den anderen bereits fast außer Hörweite.

Elisabeth hielt James an der Hand, dessen Gesicht puterrot angelaufen war. Alice und Henry folgten ihnen in Schlangenlinien durch die Menschenmassen.

Zunächst hörten sie einer Gruppe Musikanten zu, die an der gegenüberliegenden Seite des Rathausplatzes Stellung bezogen hatte, dann nötigte Elisabeth James dazu, beim Sackhüpfen mitzumachen. Begeisterung rief das nicht unbedingt hervor, doch durch die anfeuernden Rufe seiner Angebeteten und Alice, schaffte er es sogar auf den vorletzten Platz. Gut, vielleicht lag es auch daran, dass sich eines der Kinder auf halber Strecke den Knöchel verstaucht hatte und nicht weiterspringen konnte. Dieses Argument wollte jedoch niemand hören. Es brachte Henry lediglich vorwurfsvolle Blicke ein. Zumindest konnten sie so zumindest ihm die Schuld dafür geben, dass James auf weitere solcher Spiele verzichtete. Nichts hätte den Jungen dazu gebracht, sich auf „Blinde Kuh", „Eierlaufen" oder „Topfschlagen" einzulassen, das wusste Henry ebenso gut wie sein jüngeres Ich. Er war schon überrascht zu sehen, wie James sich zu diesem einen Spiel hatte überreden lassen. Zweifelnd warf er Elisabeth einen Seitenblick zu. Ließ er sich etwa doch von ihr manipulieren?

Als das Theaterstück begann, wurde es etwas ruhiger auf dem Festplatz. Die Bänke hatten nicht gereicht und so standen sie wie viele weitere Zuschauer in den hinteren Rängen.

Henry konnte nicht beurteilen, ob die Schauspieler besonders gut waren, dafür kannte er sich zu wenig aus, doch die Zuschauer hatten ihren Spaß. Er ertappte sich sogar dabei, über eine Pointe zu grinsen, als ihn jemand von hinten an die Schulter fasste.

Erschrocken drehte er sich um und blickte in das runde Gesicht von Andrew.

„Henry, wie schön, dich zu sehen!"

Der junge Wainwright hatte eine deutliche Wandlung seit der Nacht erfahren, in welcher sie das erste Mal aufeinander getroffen waren: Seine Augen leuchteten und er strahlte übers ganze Gesicht. Er schien sich wirklich zu freuen, ihn wiederzusehen.

„Andrew? Alles in Ordnung? Du … siehst gut aus." War das Einzige, was Henry vor Überraschung herausbrachte. Natürlich, wieso sollte der Neffe des Stadtratsmitglieds nicht hier sein?

Die ersten Menschen um sie herum warfen ihnen böse Blicke zu. Ein älterer Herr legte energisch den Zeigefinger auf die Lippen.

„Lass uns zum Reden doch ein paar Schritte zur Seite gehen", schlug Henry vor, als Andrew erneut den Mund öffnen wollte.

Er gab seinen Begleitern ein Zeichen, dass er bald zurück sein würde und drängte sich einige Meter weiter aus der Zuschauermenge heraus.

„Ich hatte gehofft, dich hier zu treffen", brach es aus Andrew heraus, kaum dass sie für sich waren. „Ich wollte mich noch einmal bei dir bedanken!"

Henry nickte großmütig. „Keine Ursache."

„Hast du denn mit jemandem …", er senkte die Stimme, „… über den Vorfall gesprochen?"

Henry bekam den Eindruck, dass dies der Hauptgrund war, weswegen Andrew ihn hatte treffen wollen.

„Du weißt schon." Er sah sich unangenehm berührt um. „Wegen der Situation, in der du mich … vorgefunden hast."

Er schien erleichtert zu sein, als Henry den Kopf schüttelte. „Keine Sorge, ich habe kein Wort gesagt."

Andrew entspannte sich sichtlich. Erst jetzt wurde ihm bewusst, wie angespannt er zuvor gewesen sein musste.

„Das ist gut. Ich denke wir können es dabei belassen."

Er sah zu den Mädchen und James hinüber.

„Ist das der Sohn des Bürgermeisters, mit dem du da unterwegs bist?"

Henry nickte: „Er ist ein Verwandter, ich wohne bei den Gremorys."

„Wirklich?" Sein Gegenüber war offensichtlich beeindruckt. „Und wer ist die junge Dame bei euch?"

Andrew wies auf Elisabeth, die sich neugierig zu ihnen umgedreht hatte.

Wieder einmal war Henry verwirrt von den Haken, welche die Stimmung des jungen Wainwright zu schlagen vermochte.

„Das ist Elisabeth, Elisabeth Williams."

Andrew sah ihn auffordernd an. Irritiert blickte Henry zurück. Er brauchte einige Sekunden, bis er begriff. „Soll ich sie dir vorstellen?"

„Sehr gerne!"

Henry winkte Elisabeth heran und mit ihr kamen auch Alice und James, die den Fremden misstrauisch beäugten.

„Ähm, Andrew Wainwright, das ist Elisabeth Williams, eine gute Freundin der Familie, James Gremory, mein Verwandter und seine Gouvernante Alice."

Elisabeth schien verzückt.

„Wainwright?"

„Ja, Neffe von John Wainwright, dem Stadtratsmitglied", bestätigte Andrew ihre Vermutung, nahm ihre Hand und neigte sich nach vorne, um einen Kuss anzudeuten.

Elisabeth kicherte.

Was war denn jetzt geschehen? Hatte Andrew nicht noch vor wenigen Tagen Selbstmord begehen wollen, weil ihn seine große Liebe verlassen hatte? Der Liebeskummer war wohl schnell verflogen.

„Ich bin aus London zu Besuch bei meinem Onkel, um eine alte Liebe zu vergessen. Hätte ich geahnt, was für wunderschöne Frauen es hier auf dem Land gibt, wäre ich gewiss früher gekommen", säuselte er nun, den Blick fest auf Elisabeth gerichtet.

„Na, dann hoffe ich, dass ich Euch über den Schmerz hinweghelfen kann", bemerkte diese und lächelte charmant.

„Ihr seid aus London, sagt Ihr? Erzählt mir mehr. Ich wollte schon immer einmal dorthin reisen!"

„Ja, wirklich?", entfuhr es Henry, doch er, Alice und James waren fürs Erste abgeschrieben.

Während Andrew von den Sehenswürdigkeiten und dem gesellschaftlichen Leben Londons schwärmte, standen sie daneben und starrten Löcher in die Luft.

Es vergingen einige Minuten und sie wären wohl noch lange so stehen geblieben, wenn Elisabeth nicht etwas hinter Andrew aufgefallen wäre.

„Was geht denn dort hinten vor sich?"

Von den meisten unbemerkt, weil sie sich auf das Theaterstück konzentrierten, hatte sich eine kleine Menschentraube gebildet. Hinter ihnen waren drei bis vier junge Männer zu erkennen, die sich offensichtlich prügelten.

Andrew blickte über seine Schulter: „Lasst uns nachsehen!"

Je näher sie dem Geschehen kamen, desto mehr Einzelheiten wurden erkennbar. Es waren vier: Einer davon lag am Boden, während zwei auf sein Gesicht einschlugen und der dritte Schläger auf dessen Knien saß und ihn festhielt.

Das Opfer schrie auf – teils aus Wut, teils aus Schmerz, wie es Henry schien.

Bis jetzt hatte keiner in das Geschehen eingegriffen. Ein paar Männer feuerten sie sogar noch an.

Kapitel 9

„George!", riefen Elisabeth und Alice wie aus einem Mund.

„Wer?", fragte Henry und sah irritiert zu der am Boden liegenden Gestalt. Andrew schien es nicht anders zu ergehen.

Die Jungen, die auf die Person zu ihren Füßen eingeschlagen hatten, wichen verwirrt zurück.

„George, ist alles in Ordnung?" Alice war zu dem Geschlagenen gelaufen und kniete sich neben ihn.

Elisabeth dagegen zeigte sich so aufgewühlt, wie Henry sie noch nie zuvor erlebt hatte, als sie stürmisch auf die Angreifer zuschritt. Diese stolperten, von Elisabeths Entschlossenheit überrascht, weitere Schritte von ihnen weg.

„Ihr tretet einen am Boden Liegenden? Schämt ihr euch nicht?" Ihre Stimme klang fest, doch ihr Kiefer bebte sichtlich.

Ein Knall zerriss die Stille, als ihre Hand auf die Wange des Rädelsführers traf.

Henry traute seinen Augen nicht.

Alle Aufmerksamkeit lag nun auf ihr und dem jungen Mann, der sie anstarrte, als könne er das gerade Erlebte nicht fassen.

Die Menschentraube, die sich schon vor ihrem Eintreffen gebildet hatte, war noch größer geworden.

Die zwei Mittäter zogen sich fluchtartig zurück, als sie die Zuschauer um sich herum bemerkten. Der Übriggebliebene, dessen Nase schon vor dem Schlag stark geblutet hatte, war aus seiner Starre erwacht und machte nun einen bedrohlichen Schritt auf Elisabeth zu.

„Das hast du gerade nicht getan, du dumme Hure."

Mit einem weiteren Schritt stand er nun so dicht vor ihr, dass das Blut, welches beständig von seinem Gesicht tropfte, auf ihrem Kleid landete. Sie wich um keinen Zentimeter.

Nun kam Bewegung in Andrew. Er trat entschlossen an ihre rechte Seite. Sein Blick wirkte starr und ein wenig wirr, wie Henry beunruhigt feststellte. Ihm selbst schlug das Herz bis zum Hals, doch abgesehen von dem Respekt, den der Schläger ihm einflößte, wollte er nicht hinter Andrew zurückbleiben. So stellte er sich etwas unsicher auf ihre linke Seite und versuchte, seinen Blick so fest wie möglich wirken zu lassen.

„Verschwinde, du Mistkerl!", rief Alice, bevor sie etwas sagen oder tun konnten, „Hast du nicht schon genug angerichtet, Carl? Dein Vater wird dir noch ein Veilchen passend zur gebrochenen Nase bescheren, wenn er hört, was passiert ist. Willst du es wirklich noch schlimmer machen, weil du ein Mädchen oder Angehörige von Stadtratsmitgliedern schlägst?" Ihr Tonfall war ruhig geworden, fast sachlich, doch ihre Worte verfehlten ihre Wirkung nicht.

Carls tiefliegende Augen quollen gespenstisch hervor und er atmete schwer, als er um seine Beherrschung rang. Sein Blick huschte gehetzt durch die Menschenmenge, die sich um sie herum versammelt hatte. Dann verschwand er hastig im Getümmel, wobei er keine Rücksicht auf die protestierenden Zuschauer nahm.

„Er war es nicht wert!" Alices Hände zitterten nun deutlich.

„Was genau ist gerade passiert?", fragte Henry an Elisabeth gewandt, „Wer ist das?"

Elisabeth blickte zu den beiden Gestalten am Boden hinab.

„Das ist George, Alices Zwillingsbruder."

***

Georges Augen waren geöffnet, das Gesicht schmerzverzerrt.

Alice strich vorsichtig eine Haarsträhne aus der Wunde an seinem Kopf. Zum Glück sickerte nur noch wenig frisches Blut nach.

„Wie geht es dir?" Sie sprach sanft, ihre Stimme bebte und in ihren Augen spiegelte sich Sorge.

„Geht schon", murmelte George, „Ich hätte das schon allein hinbekommen."

Neben Schmerz konnte sie auch Trotz in seinem Blick erkennen.

„Ja, das hättest du bestimmt", erwiderte Alice matt, ohne wirkliche Überzeugung. „Aber dann wärst du sicher noch ein wenig ramponierter." Sie lächelte ihm aufmunternd zu.

„Los, lass mich mal dein Bein sehen."

Sie wandte sich seiner halb aufgerissenen Hose zu.

Es war nur wenig Blut zu sehen, doch als sie das Knie freigelegt hatte, erschrak sie dennoch.

Die Kniescheibe war verdreht. Statt wie gewöhnlich in der Mitte, hatte sie sich nach außen verschoben.

Als sie prüfend ihre Hand darauf legte, zuckte ihr Bruder ruckartig zusammen und zog das Knie an. Es gab ein Knacken, als die Scheibe zurück in ihre Ursprungsposition sprang. George stöhnte auf.

„Ich glaube, das müssen wir einen Arzt ansehen lassen." Alice hatte die Stirn in Falten gelegt. Ihre Hand griff nach seiner und drückte sie tröstend.

„Ich werde einen holen!"

Andrew, der mit den anderen an ihrer Seite stand, war voller Tatendrang und wäre fast schon losgelaufen, als George ihn zurückrief.

„Nein, auf keinen Fall! Ich brauche keinen Arzt, nur ein wenig Ruhe."

Der junge Wainwright hielt in der Bewegung inne.

„Doch, du brauchst medizinische Behandlung." Alice hatte die Stimme gesenkt.

„Wir können uns keinen Arzt leisten!", zischte ihr Bruder zurück.

Alice wollte etwas erwidern, doch George schüttelte energisch den Kopf, was ihm offensichtlich eine neue Welle Schmerz bereitete. Er entzog ihr seine Hand, um sich den Nacken zu reiben.

„Ich werde nach Hause gehen und das Bein hochlegen", sagte er in normaler Lautstärke und wollte sich über die unverletzte Körperhälfte aufrichten. Fast augenblicklich fiel er zurück auf das Pflaster.

„Lass es uns wenigstens schienen", bat Alice.

George grummelte, doch er ließ zu, dass eine Bedienstete des Gasthauses ein Tuch und zwei schmale Bretter brachte. Mehr schlecht als recht improvisierten sie eine Schiene und brachten ihn auf die Beine. Allein zu laufen war jedoch unmöglich.

„Ach, George, ich kann nicht einmal mit, um dir zu helfen." Verzweifelt blickte Alice auf James, der still an Elisabeth gedrückt dastand und mit großen Augen das Geschehen verfolgt hatte.

„Ich kann auf ihn aufpassen, solange du weg bist", schlug Elisabeth plötzlich vor, „Wir sehen uns das Theaterstück zu Ende an und essen etwas."

In ihrer Stimme klang nicht die geringste Spur Schadenfreude.

„Ich werde auch ein Auge auf ihn haben", pflichtete Andrew ihr bei und klopfte James kameradschaftlich auf die Schulter. Dieser wich mit einem vernichtenden Seitenblick zurück, und drängte sich noch enger an Elisabeth.

„Henry könnte doch helfen, deinen Bruder auf dem Weg zu stützen."

Andrews Vorschlag traf Henry völlig unvorbereitet. Er sah ihn perplex an und ließ den Blick dann zu den Geschwistern wandern.

„Es wäre wirklich großartig, wenn Ihr das tun würdet!", bemerkte Elisabeth und strahlte ihn dankbar an.

Als Henry ergeben nickte, lächelte auch Alice, wenn auch sehr zurückhaltend.

„Vielen Dank!"

George humpelte stark und Henry hatte anfangs sichtlich Probleme, ihn zu halten, wie Alice bemerkte. Sie brauchten drei Anläufe, bis er ihn so stützen konnte, dass beide einigermaßen laufen konnten.

Alice war das Ganze furchtbar unangenehm. Sie wusste nicht, was schlimmer war: Georges Prügelei und seine Verletzungen oder, dass Mr Stewart ihm helfen musste, nachhause zu kommen.

Die Seitenstraße war menschenleer. Jeder, der sich auf den Beinen halten konnte, war auf dem Marktplatz. Nun, George gehörte wohl kaum noch zu denen, dachte Alice seufzend und warf ihm einen Seitenblick zu.

Seine rechte Gesichtshälfte schwoll immer mehr an, das hellbraune Haar war blutverkrustet, ganz zu schweigen von seiner zerrissenen Hose.

Was war nur geschehen? Das war nun die dritte Prügelei dieses Jahr, doch so schlimm war George bis jetzt noch nie zugerichtet gewesen.

„Bitte sag mir, dass nicht du angefangen hast", bat sie, als die drei eine Weile still gegangen waren.

Bitte nicht, bitte nicht, wiederholte sie immer wieder in Gedanken, doch ihre Hoffnung war vergebens.

„Doch", keuchte ihr Bruder matt. Das Sprechen schien ihm weh zu tun. „Aber nur, weil …"

In Alices Kopf wandelte sich Sorge in Unverständnis.

„Nur weil, was?" Ihre Stimme hatte einen scharfen Beiklang bekommen.

George zuckte zusammen. Ob es an ihrem Tonfall lag oder an einer seiner Verletzungen, vermochte sie nicht zu sagen.

„Carl hat seine Klappe mal wieder nicht halten können. Er meinte, dass du mit Sicherheit noch andere Dienste für die Familie Gremory verrichtest – so spät, wie du jedes Mal heimkommst." Einen Moment herrschte Schweigen. George und Henry waren stehen geblieben, um ein wenig zu Atem zu kommen. Mit verzerrtem Gesicht lehnte George sich an eine Bank.

„Carl sagt, du müsstest ja irgendwelche Qualitäten haben und in der Kindererziehung lägen diese nicht." Seine Worte waren zu einem Murmeln geworden. Es war ihm nicht ganz wohl dabei, die Verleumdungen gegen seine Schwester zu wiederholen.

Alice hatte die Lippen zusammengepresst.

Wieso ließ er sich immer wieder auf die Provokationen dieses Idioten ein? Es tat ihr weh, ihren Bruder so zu sehen, doch neben Mitgefühl empfand sie nun auch Zorn.

Auf das, was Carl Adams sagte, gab sie nichts. Sein Cousin arbeitete als Stallbursche bei den Gremorys, doch dort bekam er nun wirklich nicht mit, was im Haus geschah. Wobei er mit ihren Fähigkeiten in Hinsicht auf James wohl recht hatte. Dennoch, es wurde immer getratscht. Wichtig war in dieser Hinsicht nur die Meinung ihrer Arbeitgeber.

„Und deswegen musstest du gleich zuschlagen?" Sie versuchte beherrscht zu klingen, obwohl sie große Lust gehabt hätte, ihn anzufahren.

George ließ sich stöhnend auf die Bank sinken.

„Darf ich nicht deine Ehre verteidigen?"

Er blickte sie mitleiderregend an, doch es half ihm nicht. Alice wollte nicht alles hinunterschlucken. Nicht schon wieder.

„Meine Ehre verteidigen?", fragte sie schrill, „Hast du eine Ahnung, was du da tust? Ich kann deinetwegen meine Stellung verlieren, ist dir das überhaupt klar?"

Sie merkte, wie sie die Kontrolle verlor. Wie die angestaute Wut in ihr aufstieg. Wut auf ihren Bruder, weil er sich ständig in solche Situationen brachte, Wut auf Elisabeth, weil sie ihr das Leben so schwer machte und auf James, der sich so stur gegen sie auflehnte.

George sank wie ein Häufchen Elend in sich zusammen.

„Ich wollte doch nur …"

„Lass das gefälligst! Carl will dich doch nur reizen und du steigst sofort darauf ein! Manchmal habe ich das Gefühl, du lauerst nur auf solche Gelegenheiten, um dich in den nächsten Ärger zu stürzen. Sei froh, dass Elisabeth so einen Narren an dir gefressen hat, sonst könntest du dich jetzt allein nachhause schleppen."

„Lissy hat was?", fragte nun Henry, der bis jetzt stumm der Szenerie gefolgt war.

Georges verschwollenes Gesicht verzog sich zu etwas, das wohl ein Grinsen sein sollte.

„Ja, stellt Euch vor, Sir. Die hochwohlgeborene Elisabeth Williams ist in einen Dorftrottel wie mich verliebt."

Henry zog ungläubig die Augenbrauen nach oben und sah Alice fragend an.

Dieser war gerade erst wieder bewusst geworden, wer da neben ihr stand. Sie spürte, wie Blut in ihre Wangen stieg und wich seinem Blick aus.

„Als ich im Unterricht bei Mrs Gremory war, hat mich mein Bruder manchmal abgeholt. Lissy hat ihn bei dieser Gelegenheit kennengelernt. Man konnte schon bemerken, dass sie ihn mochte, aber aus offensichtlichen Gründen ist nie mehr daraus geworden."

„Tja, meine Familie ist nun mal nicht gut genug für Miss Williams. Aber ich hätte die Ziege sowieso nicht gewollt", betonte George und wollte sich lässig durch die Haare fahren, wobei er jedoch erneut zusammenzuckte. „Menschen wie sie und Menschen wie wir … Dieser Bürgermeister mag vielleicht versuchen, die Grenzen zu verwischen, aber sind wir doch mal ehrlich, am …"

„George!", unterbrach ihn seine Schwester barsch.

„Nein, lass nur", beschwichtigte Henry ruhig, „ich will wissen, was er zu sagen hat."

George sah grimmig grinsend zu ihm auf.

„Am Abend geht der Bürgermeister nachhause zu seiner schönen Frau und seinem verwöhnten Balg, lässt sich sein erlesenes Essen schmecken, schlürft Wein aus Kristallgläsern und sinkt in seine frisch aufgeschüttelten Kissen, während unsereins sehen muss, wo er bleibt. Stadtfeste und Benimmunterricht, als wenn das einen Unterschied machen würde. Ist es nicht schlimmer, Interesse zu heucheln, als ehrlich die unverhohlene Abneigung zu zeigen? Aber zumindest das Gewissen der Herrschaften ist beruhigt."

Alice zitterte vor Wut. Jetzt war es auch schon egal. Wenn Henry erzählte, was ihr Bruder gerade von sich gegeben hatte, war es sowieso vorbei mit ihrer Stelle.

„Wie kannst du nur, du sturer, ignoranter Idiot? Du hast doch keine Ahnung, wovon du sprichst! Du versinkst so sehr in deinem Selbstmitleid, dass du die Schuld dafür, nichts aus dir gemacht zu haben, auf andere abwälzt."

Es tat so gut, einmal alles loszuwerden was ihr auf der Seele brannte. Ja, George war nicht schuld an all ihren

Problemen, aber mit seinen Worten hatte er ein Ventil für sie geschaffen. „Ständig beschwerst du dich über Lissy. Dass sie keine Ahnung hat, was in Menschen wie uns vorgeht, aber du bist keinen Deut besser. Du hast keine Ahnung, wie die Gremorys sind, du willst dich damit gar nicht beschäftigen, denn sonst könnte ja dein ganzes Weltbild auseinanderfallen. Ohne Lissy und diesen Mann hier ..." sie wies auf Henry. „der übrigens ein Verwandter des Bürgermeisters ist, hättest du jetzt ein gewaltiges Problem. Also stell dich gefälligst nicht so an! Steh auf, beweg dich in Richtung nachhause und zolle deinem Helfer den Respekt, den er verdient!"

Die Zeit schien einen Moment stillzustehen.

Dann murmelte George mit hochrotem Kopf – zumindest an den Stellen, an welchen dieser nicht bereits blau verfärbt war – eine Entschuldigung in Henrys Richtung.

„Wie war das?" Alices Arme waren vor der Brust verschränkt.

„Verzeihung, Sir, ich habe wohl einen Schlag zu viel gegen den Kopf abbekommen."

Henry, der aussah, als wüsste er nicht so recht, was er von der Situation halten sollte, nickte kurz.

„Und?"

„Entschuldige, Alice, ich wollte dich nicht in Schwierigkeiten bringen."

Alice atmete tief ein und aus. Ihr Zorn, der sich wie ein Knoten in ihrem Magen zusammengeballt hatte, war verflogen. Als sie ihren Bruder nun ansah, mit herabhängendem Kopf und verzerrtem Gesicht, tat er ihr wieder leid.

Es war, als hätte man die Luft aus ihr herausgelassen.

„Also dann, machen wir uns auf den Weg", bestimmte sie matt.

Henry half George, der Anstalten machte, aufzustehen. Mit ihm auf der linken und Alice auf der rechten Seite schleppten sie sich weiter.

Kapitel 10

Es ist schon merkwürdig, dachte Henry, als er, George stützend, durch die Straßen stolperte. Im Grunde vertraten er und der junge Mann neben ihm dieselben Ansichten. Nur die Perspektive unterschied sich.

Mit Henrys Eltern lag George falsch. Sie waren wirklich mit vollem Herzen dabei, wenn es um die Belange der Stadtbewohner ging, ganz gleich welchen Standes. Doch waren sie sich einig, dass all die Feste, der Benimmunterricht und andere Versuche, einander näherzukommen, im Grunde nichts änderten.

Der Junge hatte wirklich Mut, so mit ihm zu reden, seine Familie derart anzugreifen. Er hatte ihn ein verwöhntes Balg genannt und angeblich war Elisabeth in diesen Kerl verliebt gewesen. Dennoch empfand er Sympathien für George, für diesen Jungen, der ihm so ähnlich war, und doch ein ganz anderes Leben führte. Auch die Reaktion seiner Schwester ... Dass Alice so sein konnte, imponierte ihm fast ein wenig. Im Haus seiner Eltern hatte er sie nie so erlebt. Natürlich nicht. Dort war sie Angestellte, hier ging es um die Familie. Er würde sie nicht anschwärzen, wie Alice sicher befürchtete. Es würde sich nicht lohnen, wegen der Worte ihres Bruders Veränderungen in der Zukunft zu riskieren. Außerdem hatte sie seine Familie flammend verteidigt, und das sicher nicht nur, weil Henry anwesend war.

Anscheinend lag ihr wirklich etwas an ihm, … also, seinem jüngeren Ich.

Plötzlich blieb Alice stehen.

„So, hier wären wir", erklärte sie.

Henry, der ganz in seine Gedanken versunken war, stoppte erst zwei Schritte weiter und riss so aus Versehen an Georges Arm. Dieser stöhnte auf und wäre fast gestolpert.

„Verzeihung", murmelte Henry und blickte an der bröckelnden Fassade nach oben.

Das Haus war schmal und trist. An den undicht aussehenden Fensterrahmen blätterte die Farbe ab. Hinter den teils zerkratzten Scheiben herrschte Dunkelheit.

Alice ließ von George ab und drückte die rostige Türklinke nach unten. Die Eingangstür quietschte, als sie sich öffnete und den Blick auf ein düsteres Treppenhaus frei gab. Rechts ging eine steile Treppe nach oben. Ihr gegenüber und geradeaus lagen die ersten Wohnungen hinter abgenutzten Türen.

Langsam traten sie ein.

„Wir müssen in den ersten Stock." Alice sah besorgt von der Treppe zu George und weiter zu Henry.

Dieser hatte nicht minder Zweifel, wie sie die schmale Stiege erklimmen sollten, doch es half nichts.

Henry war keine schwere Arbeit gewöhnt und die Situation, in die er da geraten war, kam ihm seltsam unwirklich vor.

Zögernd trat er einen Schritt auf das Hindernis zu und rüttelte vorsichtig an dem wackeligen Geländer.

„Nun, gut", sagte er dann, doch seine Stimme klang nicht so zuversichtlich wie beabsichtigt.

Rückblickend konnte Henry nicht genau sagen, wie sie es hinauf geschafft hatten. Auf den steilen Stufen hatten sie zwei Mal pausiert und als sie endlich oben waren, schmerzte jeder Muskel seines Körpers. Schwer atmend musste er sich erst einmal neben George an die nächstgelegene Wand lehnen.

„Das habt ihr gut gemacht!", lobte Alice, die ihnen nach Kräften geholfen hatte. „Jetzt habt ihr es geschafft."

Sie selbst klang erschöpft, doch nicht so angestrengt wie die beiden Männer. Mit einem Schlüssel machte sie sich an dem Schloss der Wohnungstür zu schaffen, an deren oberer Hälfte ein Kranz aus getrockneten Blumen hing. Ein erfolgloser Versuch, den Flur einladender zu gestalten.

Die Scharniere der Tür schienen geölt, denn sie schwang geräuschlos auf.

Ein letztes Mal legte George den Arm um Henry und sie humpelten gemeinsam über den Absatz hinein in die Wohnung. Trockene Wärme strömte ihnen entgegen, das Knistern eines Feuers war zu hören und in der Luft lag der Duft von Lavendel. Ein blasser Teppich bedeckte den Holzboden, der knarrte, als sie eintraten. Der Kamin, mit abgenutztem Stuck am Rahmen, nahm fast die gesamte rechte Seite des kleinen Raumes in

Anspruch. Neben ihm fand nur noch eine Tür Platz, die einen Spalt breit geöffnet war. Auf dem Kaminsims und dem Fensterbrett standen Gläser und Vasen mit getrockneten Blumen, darunter Lavendel, dem Ursprung des Duftes.

Henry half George, sich auf das Sofa zu setzen, das sich gegenüber des Feuers befand und auf dessen abgewetztem, dunkelbraunem Stoff mehrere gehäkelte Deckchen lagen. Daneben stand ein Ohrensessel, dessen Polster ebenfalls in die Jahre gekommen waren. Die von der Sonne ausgeblichenen Vorhänge am einzigen Fenster ließen ihre Farbe nur noch erahnen und die vergilbte, blasse Tapete war sicher einmal sehr schön gewesen.

Es gab nicht viele weitere Möbel und alles wirkte zusammengewürfelt: die Kommode mit ihren geschnitzten Verzierungen, der einfach und schmucklos gehaltene Beistelltisch, ein paar Holzrahmen an der Wand, in denen gepresste Blumen klebten.

Henry sah sich interessiert um.

Was hatte er erwartet? Dass seine Gouvernante in Saus und Braus lebte?

Eigentlich hatte er gar nichts erwartet. Er hatte nie darüber nachgedacht. Wieso auch?

Niederer Adel, verarmt noch dazu. Eine Situation, wie sie häufig in diesem Land anzutreffen war.

Trotz all seiner Eindrücke betreffend der Wohnung, konnte er nicht bestreiten, dass er sich hier wohl fühlte.

Er konnte es selbst nicht verstehen, schließlich war er nun wirklich anderes gewöhnt. Dennoch spürte er, dass sich jemand die Mühe gemacht hatte, den Raum wohnlich zu gestalten: Die Kleinigkeiten wie die Drapierung des Vorhangs, die Anordnung der Kerzen auf dem Tisch sowie die penible Sauberkeit, die hier herrschte, ließen den Raum gemütlich wirken.

Alice schien seine Blicke zu bemerken, doch als er zu ihr hinübersah, schaute sie schnell weg. Sie machte sich auf den Weg durch die Tür auf der anderen Seite des Zimmers um Verbandszeug zu holen.

„Nicht gerade ein Herrenhaus", kommentierte George, der sich zurückgelehnt hatte und ihn von unten herauf musterte.

„Muss ein ganz schöner Schock sein, mal die andere Seite zu sehen."

Henry fühlte sich ertappt. Er empfand es tatsächlich ein wenig wie in einem Kuriositätenkabinett, dessen Exponate aus Alice und ihrer Familie bestanden.

„Man sollte ja immer mal wieder seinen Horizont erweitern", erwiderte er trocken.

„George? Bist du da? Ist da jemand bei dir?"

Die Stimme kam aus dem Raum hinter der angelehnten Tür. Sie erklang gerade, als Alice mit Binden, Tüchern und einer Flasche Alkohol hereinkam.

„Ja, ich bin auch hier, Mutter", rief sie und stellte ihre Ladung auf den Beistelltisch neben ihren Bruder, „Bleib ruhig im Bett, es ist alles in Ordnung."

Es wurde Rascheln und das Knarzen von Holz laut.

„Alice? Was machst du denn schon hier?"

Schritte näherten sich.

„Oh, nein!", flüsterte Alice. Sie kniff die Augen zusammen. „Es ist alles gut, Mutter. Es sieht schlimmer aus, als es ist!"

Die Tür hinter ihnen wurde geöffnet und eine magere Frau trat heraus. Sie trug einen Morgenmantel und hatte wirres, hellblondes, gelocktes Haar, das von grauen Strähnen durchzogen war. Alices Mutter war sicher einmal eine wunderschöne Frau gewesen, doch irgendetwas hatte sie furchtbar altern lassen. Henry zweifelte daran, dass es nur die Zeit war, die an ihr nagte.

„George, was ist geschehen?" Die Frau schlug erschrocken die Hände vor den Mund.

„Es ist halb so schlimm!", beschwichtigte dieser, doch sein gequälter Gesichtsausdruck, als Alice seine Kopfwunde mit Alkohol betupfte, verriet etwas anderes.

„Nur eine kleine Rangelei, wir haben das geklärt."

„Eine kleine Rangelei?" Der Blick von Mrs Collins fiel auf Henry. „Und wer ist das?"

Alice hielt einen Moment inne. „Das ist Mr. Stewart. Er hat uns geholfen, George nachhause zu bringen." Ihre Stimme wirkte tonlos. Henry hatte das Gefühl, als widerstrebte es ihr, zu viele Informationen preiszugeben.

„Woher kennt Ihr meine Tochter?", fragte Mrs Collins daraufhin zu Henry gewandt.

Fragend sah er zu Alice, doch sie wich seinem Blick aus.

Sollte er sagen, wer er war? Oder besser, wer er vorgab zu sein?

Wenn Alice ihn weiter ignorierte, anstatt ihm ein Zeichen zu geben, blieb ihm wohl nichts anderes übrig.

„Ich bin entfernt mit Mrs Gremory verwandt", erklärte er knapp. Schnell merkte er, dass dies nicht die richtige Antwort gewesen war. Das eingefallene Gesicht der Frau wurde noch fahler.

„Alice, wie konntest du nur zulassen, dass dieser Gentleman sich die Mühe macht, George hierherzubringen?"

„Mutter, ich ...", begann ihre Tochter, doch Mrs Collins unterbrach sie gleich wieder.

„Kann ich Euch eine Tasse Tee bringen? Setzt Euch doch, Sir!"

Plötzlich schien ihr aufzufallen, dass sie nur im Morgenrock vor ihm stand.

„Entschuldigt meine Aufmachung, ich hatte ja nicht mit Besuch gerechnet. Ich ziehe mich sofort um." Sie drehte sich in die Richtung, aus der sie gekommen war, bevor sie erneut stockte. „Möchtet Ihr einen Happen zu essen? Wir haben leider nichts Besonderes da, aber eine Kleinigkeit findet sich sicher."

Hektisch drehte sie sich nach rechts und links. Sie schien unschlüssig, was sie zuerst tun sollte.

„Machen Sie sich keine Umstände", beschwichtigte Henry. Diese gehetzte Frau tat ihm leid.

Noch nie hatte er so etwas für einen anderen Menschen empfunden. Er hielt sich kaum unter Leuten auf und wenn, dann nur in feiner Gesellschaft. Solches Elend war ihm nicht bekannt.

Er erinnerte sich, dass sein Vater bei einem Abendessen letzte Woche nach Alices Mutter gefragt hatte. Sie war krank, doch was genau ihr fehlte, entzog sich seiner Kenntnis. Vielleicht hatte er aber auch einfach nicht gut genug zugehört.

Henry hatte das Bedürfnis, dieser Frau einen Teil ihrer Last zu nehmen.

„Ich möchte Euch keine Arbeit machen, wir sind sowieso wieder weg, sobald George versorgt ist." Er versuchte, seine Fassade nicht bröckeln zu lassen, ohne überheblich zu wirken. Er wollte nicht, dass die Familie spürte, wie sehr ihn ihr Schicksal traf.

„Ich bin gleich so weit", bestätigte Alice, die sich gerade am Bein ihres Bruders zu schaffen machte.

An seinem Knie sickerte immer noch Blut aus einer Schürfwunde. Das Gelenk war rot und stark angeschwollen. Es sah nicht so aus, als wäre die Versorgung an ihrem Ende.

Mrs Collins stand immer noch unentschlossen im Raum.

„Ich kann mit meinem V… Verwandten, Mr Gremory sprechen. Er würde sicher für eine ärztliche

Behandlung aufkommen." Fast hätte Henry sich versprochen und Richard seinen Vater genannt. Diese Familie brachte ihn völlig aus dem Konzept.

„Nein, auf keinen Fall!", widersprach die hagere Frau und knetete ihre knochigen Finger. „Es ist sicher halb so schlimm. Er braucht nur ein wenig Ruhe."

Alice, die neben Georges Bein auf dem Boden saß, hatte die Wunde verbunden und blickte nun sorgenvoll auf das Gelenk.

„Mutter, …" Sie zupfte an einer der Haarsträhnen, die ihr ins Gesicht fielen. „Ich denke, wir sollten das Angebot anneh…"

„Kommt gar nicht in Frage!" Der Tonfall ihrer Mutter war scharf geworden, beinahe hysterisch.

Entschuldigend sah Mrs Collins dann zu Henry und ihre Stimme wurde weicher: „Es ist schon gut. Ich danke Euch für Eure Hilfe. Bitte richtet auch Mr Gremory meinen Dank aus. Er ist so gütig zu unserer Familie. Ihr und Alice könnt nun zurück auf das Fest gehen. Ich kümmere mich um George."

Henry blickte fragend zu Alice, doch diese schien auch nicht weiter zu wissen.

„Meinem Bein geht's doch schon wieder gut! Es tut kaum noch weh!", bestärkte sie nun auch George. Offensichtlich log er, doch anscheinend wollte er auf weitere Unterstützung von Henrys Seite lieber verzichten.

„Vielen Dank nochmal", setzte George hinzu.

Alice sah nicht glücklich aus, doch sie kapitulierte.

„In Ordnung. Leg das Bein hoch und versuche, dich zu schonen."

Sie nickte Henry zu und wandte sich zum Gehen.

Auf einmal hatte er das Bedürfnis, möglichst schnell aus der Wohnung zu kommen. Er hätte gerne etwas getan, doch die Ablehnung jedweder Hilfe machte ihn machtlos.

„Auf Wiedersehen", verabschiedete er sich hastig und folgte Alice zur Tür hinaus.

Kapitel 11

Zunächst liefen Alice und Henry schweigend nebeneinander her.

Ohne George fiel das Gehen wesentlich leichter, doch die Stimmung lag schwer auf ihren Gemütern. Hinter ihnen neigte sich die Sonne dem Horizont zu und ließ ihrer beider Schatten lang werden. Kühler Wind zog auf.

Alice fröstelte und warf Henry einen Seitenblick zu. Der junge Mann schien tief in Gedanken zu sein. Er hatte die Hände in die Taschen gesteckt und starrte vor sich auf den Boden.

An was er wohl gerade dachte?

Seine Reaktion auf George, das Haus und ihre Mutter war erstaunlich gelassen gewesen. Eine gute schauspielerische Leistung oder Gleichgültigkeit?

Dennoch, der Vorschlag einen Arzt zu rufen, war von ihm gekommen.

Wenn ihre Mutter bloß nicht so stur wäre!

„Wo ist euer Vater?"

Henry hatte seine Haltung nicht verändert und auch seine Stimme klang wie immer.

„Er ist schon lange gestorben", erwiderte Alice, so gleichgültig sie konnte, „Er ist einmal schwer gestürzt und hatte einen offenen Bruch am Bein. Die Wunde hat sich entzündet."

Einen Moment herrschte Stille.

„Und was arbeitet dein Bruder?"

Alice grinste schief. „Das ist eine gute Frage." Unangenehm berührt fuhr sie sich durch ihre blonden Locken. „Mal dies, mal das, wo es eben gerade etwas zu tun gibt. Abends hilft er oft im Gasthaus aus."

Warum diese persönlichen Fragen? So ganz wohl war ihr nicht dabei, ihre Familiensituation – so chaotisch und schwierig sie auch sein mochte – vor diesem Mann auszubreiten.

Sie verschwieg, dass ihr Vater zu viel getrunken und sich deswegen verletzt hatte. Auch die Tatsache, dass George erst seitdem nichts mehr zu Stande brachte, ließ sie aus.

„Wir sollten wegen des Arztes mit Mr Gremory sprechen!"

Alice sah verwirrt zu ihm auf. Henry erwiderte den Blick ernst.

„Du bist im Moment die einzige finanzielle Stütze, die deine Familie hat. Wenn dir etwas passiert oder viel banaler, James irgendwann keine Gouvernante mehr braucht, habt ihr keine feste Lebensgrundlage mehr. Für diesen Fall sollte George in der Lage sein, zu arbeiten, was mit einer schlimmen Beinverletzung nicht möglich wäre."

Zunächst hatte Alice gedacht, er wolle sie bloßstellen, doch er schien sich Sorgen zu machen. Oder war Mitleid sein Antrieb? Egal, woran es lag, sie wusste, er hatte Recht.

„Ich weiß", antwortete sie langsam, „Ich wäre Euch sehr dankbar, wenn Ihr mit Mr Gremory sprechen könntet, doch ich würde die Arztkosten bei ihm gerne abarbeiten, wenn er es erlaubt."

Henry nickte: „Die Einzelheiten könnt ihr beide ja klären, wenn es soweit ist."

Schweigend liefen sie weiter.

Der Marktplatz kam in Sicht und um sie herum wurde es lebhafter. Kinder rannten an ihnen vorbei und versuchten, die umherwirbelnden Blätter zu fangen, Erwachsene saßen auf Bänken oder standen plaudernd in Gruppen zusammen.

„Vielen Dank für Eure Hilfe!" Alice wusste nicht, wo sie hinsehen sollte. „Es sind einige Dinge geschehen und vor allem gesagt worden, über die ich nicht besonders froh bin. Ich könnte verstehen, wenn Ihr Eure Konsequenzen daraus ziehen würdet, aber selbst wenn Ihr das tätet, bin ich Euch zu Dank verpflichtet. Ihr hättet uns nicht helfen müssen."

Henry legte den Kopf schräg.

„Es war ..." Er suchte nach den richtigen Worten. „Eine interessante Erfahrung."

Alice sah zu ihm auf. Als sie die Spur eines Lächelns auf seinem Gesicht erblickte, rann ihr ein warmer Schauer über den Rücken.

Elisabeth und James saßen gegenüber von Andrew und Elisabeths Eltern an der langen Tafel. Viele der Gäste hatten das Fest bereits verlassen und so waren drei der vier Tische auf die Seite geräumt worden. Allein an dem einen war mehr als genug Platz für die Übrigen. Gerade, als Alice und Henry zu ihnen stießen, flackerten tausende Lichter um sie herum auf: Freistehende Kerzen standen sowohl auf den Tischen als auch in Gläsern und unter bunten Lampenschirmen. Sie tauchten die im Dämmerlicht kaum noch erkennbaren Gesichter nun in ihren sanften Schein. In dem großen Baum direkt über ihnen erstrahlte der riesige Kronleuchter.

Die Menschen klatschten begeistert und wie von der Menge angestachelt, erhellte wenige Sekunden darauf ein Netz aus weißen Lampen die freie Fläche vor dem Rathaus.

Im selben Moment begann das Orchester zu spielen. Sofort begaben sich die ersten Paare zum Tanz.

Alice setzte sich zu James, während Henry den Bürgermeister aufsuchte. Dieser hatte gerade dem Dirigenten einige letzte Anweisungen gegeben.

Alice bemerkte erst jetzt, dass kaum noch Menschen aus den oberen Schichten anwesend waren. Auch Elisabeths Mutter stand nun auf und wies ihren Mann an, es ihr gleichzutun.

„Wir machen uns nun auf den Weg, Liebes", verkündete sie an ihre Tochter gewandt. „Du weißt ja, dein Vater braucht seinen Schlaf."

Arthur Williams sah seine Frau vorwurfsvoll an – ihm war es augenscheinlich nicht recht, ihr als Vorwand zu dienen, doch er sagte nichts.

„Es war uns eine Freude, Eure Bekanntschaft zu machen und wie immer schön, Euch zu sehen", verabschiedete sie sich von Andrew und James. „Ich hoffe, Lissy fällt Euch nicht zur Last, sie ist einfach so gerne bei Euch" fügte sie an den Jungen gewandt hinzu und lächelte gekonnt.

Wie die Mutter, so die Tochter, schoss es Alice durch den Kopf.

„Aber, nein. Eure Tochter bereichert unser Leben mit jedem Tag, den sie bei uns verbringt." James klang bereits wie ein in die Jahre gekommener Aristokrat. Seine anfängliche Zurückhaltung Mrs Williams gegenüber hatte er abgelegt. Vermutlich war er aber ebenso froh wie Alice, dass sie nun ging.

Harriett nickte zufrieden und trat den Rückzug an – ihren Mann im Schlepptau, der etwas Unverständliches in seinen Schnauzer murmelte.

Alice blickte zu Henry hinüber, welcher nahe der Bühne auf Richard einredete. Dieser nickte ernst und sah in ihre Richtung. Dann sprach er selbst ein paar Worte und rief nach einem Jungen, dem er hastig einen Auftrag erteilte. Der Angesprochene hörte eifrig zu, um kurz darauf in der Menschenmenge zu verschwinden.

Scheinbar wollten die beiden Männer gemeinsam zur Tafel zurückkehren, doch in diesem Moment löste sich

Mary aus einer Gruppe Damen und zog ihren Mann zur Tanzfläche.

Henry kam allein zu ihnen zurück.

Er neigte sich zu Alice vor, und sprach in gedämpfter Lautstärke.

„Er sorgt dafür, dass der Arzt gleich bei George vorbeisieht."

„Danke." Konnte Alice noch hauchen, bevor er sich wieder aufrichtete und an die anderen wandte.

Kapitel 12

„So, es hat eine Weile gedauert, aber wir sind wieder vollzählig."

Henry war durch den Vorfall mit George und dessen Folgen noch etwas unkonzentriert. Doch der Arzt war bestellt, er hatte alles getan, was er konnte. Nun musste er nur noch den Rest des Festes überstehen.

„Gerade recht zum wichtigsten Teil des Abends."

Andrews Gesicht war gerötet und es war kaum zu übersehen, dass er bereits mehrere Gläser Wein getrunken hatte.

„Ihr scheint ja noch einiges vorzuhaben, Mr Wainwright", bemerkte Elisabeth und warf ihm einen amüsierten Blick zu, während sie an ihrem Wein nippte.

„Mal sehen, was sich ergibt", erwiderte der junge Mann.

Andrews Augen wirkten noch größer, als Henry sie in Erinnerung hatte, und sie waren nur auf eine Person gerichtet.

In Henry regte sich Eifersucht. Demonstrativ setzte er sich ihr direkt gegenüber, neben seinen Konkurrenten. Zuerst die Sache mit George – er zweifelte noch immer daran, dass Elisabeth wirklich Interesse an diesem Taugenichts gehabt haben sollte – und nun dieser Möchtegern-Frauenheld. Wenn er ihn in jener Nacht bloß nicht aufgehalten hätte …

Auch seine jüngere Version schien gar nicht begeistert von dem Nebenbuhler. Voller Hass starrte er Andrew an.

Es half alles nichts: Seine künftige Verlobte war nun einmal die schönste Frau der Stadt.

Das bestätigte sich sofort erneut, als ein junger, gut gekleideter Mann an sie herantrat und Elisabeth um den nächsten Tanz bat.

„Entschuldigt ihr mich einen Moment?", fragte sie daraufhin in die Runde, stellte ihr Glas ab und ließ sich auf die Tanzfläche ziehen.

„Was für ein Mädchen!", bemerkte Andrew und sah ihr nach. „Sag mal", raunte er dann Henry zu, dem er dabei unangenehm nahe kam, „Wie stehst du zu Miss Williams?"

Sein Atem roch nach vergorenen Trauben, mit seinem Blick klebte er noch immer am Objekt seiner Begierde.

„Ich meine, hast du ernsthaftes Interesse an ihr?"

Henry verkrampfte sich. Was sollte er denn darauf sagen? Ja, aber erst in ein paar Jahren? Lass bis dahin gefälligst die Finger von ihr?

„Kannst du mir noch etwas Zeit geben, das zu überdenken?", fragte er langgezogen und ballte eine Faust unter dem Tisch.

Für einen kurzen Moment trat Irritation in Andrews Augen. Dann lachte er los.

„Du bist wirklich amüsant, das muss ich schon sagen." Er klopfte ihm kameradschaftlich auf die Schulter.

„Aber gut, ich bin froh, dass wir das klären konnten!"

Noch bevor Henry begriff, was passiert war, stand Andrew auf und ging zu Elisabeth hinüber.

Diese hatte den ersten Tanz des Abends gerade beendet und, noch bevor ihm ein anderer Mann zuvorkommen konnte, war Andrew bei ihr. Elisabeth ließ sich offensichtlich nicht lange bitten. Das Orchester begann mit dem nächsten Stück und ihre Verehrer, welche von fern und nah zusahen, wandten sich enttäuscht ab.

Nun traf Henry James' vernichtender Blick.

„Was hast du ihm gerade gesagt?" Seine Augen funkelten wütend, doch Henry fragte sich gerade dasselbe.

***

Alices Haut kribbelte immer noch.

Aus irgendeinem Grund war sie durch Henry völlig aus der Bahn geworfen worden, als er sich so unvermittelt zu ihr hinunter gebeugt hatte. Ein Schauer lief ihr über den Rücken, als sie den Moment noch einmal Revue passieren ließ. Energisch schüttelte sie den Kopf. Was war denn in sie gefahren? Er hatte ihr doch lediglich gesagt, dass der Arzt bei George vorbeisehen würde. Es war nett von ihm gewesen, es nicht in aller Öffentlichkeit hinauszuposaunen. Dennoch hatte ihr die kurze, unverhoffte Nähe auf den Magen geschlagen. Überwältigt von ihrer Reaktion versuchte sie, ihre Gedanken wieder zu ordnen.

Als sie zu Henry hinübersah, war sein Blick missmutig auf Elisabeth und Andrew gerichtet.

Na, wunderbar. Natürlich war auch Mr Stewart verliebt in Elisabeth. Nicht, dass ihr seine Blicke nicht schon vorher aufgefallen wären, doch der Ausdruck, der eben in seinen Augen erschienen war …

Diese Erkenntnis holte Alice endgültig auf den Boden der Tatsachen zurück.

Lustlos nahm sie einige Trauben vom Tisch und machte sich daran, die Beeren von den Reben zu pflücken.

„Möchtet Ihr eine?" Alice hielt James ein paar der Früchte hin, doch er ignorierte sie geflissentlich und starrte ebenfalls zur Tanzfläche hinüber.

Sie seufzte ergeben.

„Wie wäre es, wollt Ihr nicht auch ein wenig tanzen?"

Ihr war klar, wie die Antwort lauten würde, aber so konnte man ihr immerhin nicht vorwerfen, sie hätte es nicht versucht.

James sah sie tatsächlich an, doch sein Blick hätte nicht verächtlicher sein können.

Da fiel ihr etwas ein: Sie hatte noch ein Ass im Ärmel!

„Nun", murmelte sie, während sie nach der kleinen, ledernen Tasche griff, die den ganzen Nachmittag über ihrer Schulter gehangen hatte. „Möglicherweise habe ich doch noch etwas, das Euch begeistern könnte."

Ein seltsam knarrendes Geräusch erklang, als Leder an Leder rieb und Alice ein kleines, gebundenes Buch hervorzog.

Der Gedanke, eines als Beschäftigung für James mitzunehmen, war ihr bereits beim Dinner vor einer Woche in den Sinn gekommen. Mittlerweile kannte sie ihren jungen Herren gut genug, um zu wissen, womit sie ihn besänftigen konnte.

James biss sich auf die Lippe, augenscheinlich bemüht, ihr das Buch nicht direkt zu entreißen.

„Was ist es?", fragte er betont uninteressiert, doch das Leuchten in seinen Augen verriet ihn.

„Magische Wetterphänomene, Band 3 von Mortimer Sax", erklärte Alice, „Ich lege es einfach hier auf den Tisch, wenn Ihr Lust habt …" Sie kam nicht dazu, den Band abzulegen. James hatte ihn ihr bereits aus der Hand genommen.

Wie ein Verdurstender am Brunnen, begann er, das Buch aufzuschlagen und die ersten Seiten zu verschlingen. Dann stockte er einen kurzen Moment.

Er wandte sich noch einmal Alice zu, die ihn zufrieden musterte.

„Dankeschön."

Es war keine besonders herzliche oder gar innige Dankesbekundung, doch Alices Herz machte einen Freudensprung. Genauso gut hätte er sagen können, sie sei die beste Gouvernante Englands und sie hätte sich nicht mehr darüber freuen können.

Henry war indes von Elisabeths Gestalt losgekommen und hatte die Unterhaltung zwischen ihr und James verfolgt.

„Ich dachte, er soll weniger lesen und mehr an seiner Umwelt teilhaben?", bemerkte er, ohne jedoch kritisch zu klingen.

Alice zuckte mit den Schultern. „Er liebt es, zu lesen. Nachdem er es nun den halben Tag ohne Lektüre ausgehalten hat, ohne zu murren, wäre es doch ungerecht, sie ihm zu verwehren."

Henry schüttelte den Kopf, doch er lächelte dabei.

Schon merkwürdig, dachte Alice, wie sich in wenigen Stunden das Bild, das man von jemandem hat, so ändern kann.

„Wieso fragt Ihr Lissy nicht, ob sie mit Euch tanzt? Sie würde sicher nicht nein sagen."

„Wieso sollte ich mit ihr tanzen wollen?" Ertappt strich er sich das schwarze Haar zurück.

Alice legte den Kopf zur Seite. Sie verbarg ihre Enttäuschung hinter einem breiten Grinsen.

„War nur so ein Gefühl."

Sie wandte sich ab und ließ den Blick über die Menschen schweifen, die fröhlich plauderten, tanzten oder sich das Essen schmecken ließen, welches immer noch reichlich aufgetragen wurde. Nachdem ihr Schützling zufrieden war, wurde ihr etwas leichter ums Herz und sie begann sogar, im Takt der Musik ihren Kopf zu wiegen. Das Summen der vielen Stimmen um sie herum und die schnellen Akkorde des Orchesters ließen sie für einen Moment den furchtbaren Nachmittag vergessen.

Zumindest bis ihr ein Gesicht mit seltsam krummer Nase im Getümmel auffiel. Carl Adams senkte schnell den Blick, als sie zu ihm hinübersah. Sein Gesicht war zwar nicht ganz so blau wie das ihres Bruders, doch zumindest seine Nase sah verheerend aus.

Alice konnte nicht gerade behaupten, glücklich über diesen Umstand zu sein, doch ein wenig Genugtuung verschaffte er ihr schon. George war wesentlich schlimmer dran, da schadete es diesem Idioten kaum, sich noch eine Weile an ihn zu erinnern.

Sie schreckte auf, als sich Richard Gremory neben ihr niederließ.

„James wird wohl auch in Zukunft kein Freund von öffentlichen Veranstaltungen", bemerkte er zwinkernd. Seine Wangen waren gerötet, die Atmung beschleunigt und er strahlte übers ganze Gesicht. Er war sichtbar zufrieden mit dem Verlauf des Tages.

„Hat er das Buch mitgebracht?"

„Nein, Sir, das war ich", bemerkte Alice entschuldigend, doch Richard wirkte nicht wütend.

„Du bist zu nett zu ihm." Er grinste, während er dies sagte. „Lass ihn dir nicht zu sehr auf der Nase herumtanzen. Ich befürchte, Mary und ich sind oftmals nicht streng genug mit ihm."

Er warf seinem Sohn einen väterlichen Blick zu, bevor er sich etwas ernster an die Gouvernante wandte.

„Ich hoffe, deinem Bruder geht es bald besser. Ich habe Doktor Anderson zu ihm schicken lassen. Bei der Gelegenheit soll er sich auch gleich um die Lunge deiner Mutter kümmern."

„Vielen Dank Sir, ich würde auch gerne mit Ihnen über die finanzielle …"

„Ach, was", unterbrach er sie und winkte ab, „Davon will ich gar nichts hören! Deine Familie hat schon genug Kummer."

Damit war das Thema für ihn erledigt. Er straffte die Schultern und nickte zu seiner Frau hinüber, die gerade eine Quadrille tanzte.

„Die Arme wird morgen sicher schmerzende Füße haben.", bemerkte er belustigt, „Warum tanzt du nicht eine Runde? James wird sich hier sicher nicht so schnell wegbewegen."

„Nein danke, ich sitze gern hier", erwiderte Alice zurückhaltend. Das war nicht ganz gelogen, sie konnte sich nach allem, was an diesem Tag passiert war, kaum vorstellen, sorglos zu tanzen. Abgesehen davon war sie nicht aufgefordert worden.

„Na schön, aber versuche den Abend noch ein wenig zu genießen, ja?"

Richard lächelte ihr aufmunternd zu und stand dann auf, um sich neben seiner Frau für den nächsten Tanz aufzustellen.

Kapitel 13

Der Mond beschien die Straße mit silbernem Licht, als Alice, mit ihrer Tasche über der einen und einem Korb über der anderen Schulter, nachhause lief. Es war fast Mitternacht.

Jeder verbliebene Gast hatte einen Korb mit übriggebliebenen Speisen bekommen, und davon gab es einige: Pastete, Obst, Brot, süßes Gebäck und eine Flasche Wein befanden sich unter einem weißen Leinentuch. Inzwischen war es sehr kalt geworden. Das gute Wetter, welches den ganzen Tag über angehalten hatte, ging nun in Frost über.

Endlich stand sie vor der Tür und zog mit klammen Fingern den Schlüssel zur Wohnung hervor.

Während sie eine Stufe nach der anderen hinaufstieg, dachte sie nochmals über den Abend nach.

Nach fast der Hälfte seines Buchs, hatte sich James doch noch zum Tanzen überreden lassen. Selbstverständlich von Elisabeth. Auch Alice war einmal aufgefordert worden, doch ihr war nicht danach gewesen.

Henry hatte den ganzen restlichen Abend mit ihr am Tisch verbracht und Elisabeth beim Tanzen zugesehen.

Henry ... sie hegte doch wohl nicht wirklich Gefühle für diesen Mann, oder?

Sie schüttelte den Kopf und schloss die Tür auf.

Innen roch es wie immer leicht nach Lavendel – der Lieblingspflanze ihrer Mutter und das einzig finanziell

Erschwingliche, das ihr ein wenig beim Einschlafen half.

Das Holz im Kamin war fast heruntergebrannt. Auf dem Sofa davor saß ihr schlafender Bruder, das verbundene Bein auf einem Holzschemel platziert.

Ihr fiel der Arzt wieder ein.

Wie stand ihre Familie wohl zu der eigenmächtigen Entscheidung, sich an ihren Arbeitgeber zu wenden?

George schreckte auf, als sie den Korb neben ihm auf dem Boden abstellte.

„Tut mir leid, ich wollte dich nicht wecken."

„Schon gut." George fuhr sich mit der Hand über das verschlafene Gesicht und zuckte vor Schmerz kurz zusammen.

Alice legte ein paar Scheite Holz nach und besah dann im schwachen Schein des Feuers das frisch verbundene Bein.

„Was hat Doktor Anderson gesagt?"

„Du meinst den Arzt, der auf einmal vor unserer Tür stand obwohl wir keinen wollten?" Er grinste schief, woraus Alice schloss, dass er es ihr nicht so übel nahm, wie sie befürchtet hatte. „Carl hat mir wohl die Kniescheibe ausgerenkt, als er auf meinem Bein saß."

Alice blickte ihn sorgenvoll an.

„Jetzt sieh mich nicht so an." Er machte eine wegwerfende Handbewegung. „Sie ist schon wieder in ihre alte Position gesprungen, als ich noch am Boden lag."

Seine Schwester nickte. Sie erinnerte sich, dass die Kniescheibe zurückgesprungen war, als er das Bein hatte anziehen wollen.

„Der Arzt meint, ich muss es eine ganze Weile ruhig halten, dann wird man sehen. Alles andere sind nur Schrammen."

„Na, hoffentlich wird das wieder", murmelte Alice verdrossen, dann fiel ihr Blick auf den Korb.

„Hast du Hunger?"

„Und wie!"

Georges Augen leuchteten, als er die Fleischpastete sah. Er verspeiste sie gierig, während seine Schwester neben ihm Platz nahm und ins Feuer starrte.

„Was hat Mutter gesagt?", fragte sie, nachdem er fertig war.

George leckte sich die Finger.

„Sie war nicht begeistert, aber es war in Ordnung. Am Ende hat sie doch eingesehen, dass es notwendig war."

„Und du?"

Er zog eine Grimasse. „Ich frag dich lieber nicht, wer die Rechnung begleicht."

Alice lehnte ihren Kopf an seine Schulter.

„Nein, mach das besser nicht."

Einen Moment schwiegen sie und blickten in die knisternden Flammen.

„Doktor Anderson hat Mutter etwas gegen die Atemnot gegeben. Sie schläft so fest wie schon lange nicht mehr."

Alice lächelte. Auch über sie legte sich nun Müdigkeit, doch sie wollte nicht schlafen, bevor sie etwas geklärt hatte.

„Tut mir leid, dass ich dich vorhin so angeschrien habe. Es war einfach ein bisschen viel in letzter Zeit."

„Schon gut, ich habe mich gegenüber diesem Mann wirklich nicht gerade wie ein Gentleman benommen. Ich weiß ja, dass wir auf deine Arbeit angewiesen sind." Er fuhr mit der Hand über sein verbundenes Knie. „Gerade jetzt."

Ein tiefes Seufzen entfuhr seiner Kehle und er griff nach ihrer Hand.

„Ich mache es dir wirklich nicht leicht, meine Schwester zu sein."

Alice hob kurz den Kopf und sah ihn an.

„Ach was, ich bin froh, dass du mein Bruder bist … Ich bewundere dich in den meisten Fällen sogar sehr dafür, dass du für deine Meinung einstehst." Sie grinste breit. „Auch, wenn unsere Meinungen sich nicht immer decken."

George gab ihr einen Kuss auf die Stirn und wurde ernst.

„Ich kümmere mich um Arbeit, sobald das Bein wieder in Ordnung ist, versprochen!"

„Das wäre schön", murmelte Alice schläfrig. Sie gähnte herzhaft, schloss die Augen und sank kurz darauf, noch auf dem Sofa, in einen tiefen Schlaf.

Kapitel 14

Es war ein wunderschöner Novembernachmittag. Die Sonne strahlte mit letzter Kraft.

Alice saß auf einer Bank unter der Trauerweide, deren Zweige bis hinunter ins Wasser des Sees reichten. Am Ufer kniete James und versuchte mit höchst konzentrierter Miene, Wasser zu formen.

Es gelang ihm gar nicht so schlecht, fand Alice. Zumindest dann, wenn die Figuren Fontänen gleichen sollten. James war weniger zufrieden. Mit beiden Händen schöpfte er Wasser und starrte es grimmig an.

Bei seinem Mienenspiel hätte Alice am liebsten laut gelacht, doch sie riss sich zusammen und schmunzelte lediglich.

Gestern, am Tag nach dem Fest, hatte sie frei gehabt.

Doktor Anderson war noch einmal vorbeigekommen, um nach George zu sehen. Er war nicht gerade begeistert, dass ihre Mutter ihn von vorne bis hinten bedienen wollte, schließlich sollte sie sich mit ihrem Asthma ebenso schonen wie ihr verletzter Sohn.

Heute Morgen war es Elisabeth gewesen, die allen anderen zuvorkam und nach George fragte, um dann so zu tun, als wäre er ihr eigentlich egal.

Alice seufzte.

Kaum zu glauben, dass sie beide einmal eine Art Freundschaft verbunden hatte. Zumindest auf die wenigen Stunden an jenen Samstagen beschränkt, in welchen sie nebeneinander in Mrs Gremorys Klassenzimmer gesessen hatten. Auch wenn sie sich oft über Elisabeths Hochmut ärgerte, wusste sie doch, dass es oft ihre Mutter war, die aus ihr sprach. Harriett Williams war so erpicht darauf, ihre Tochter an einen würdigen Ehemann zu bringen, dass sie all ihre Energie darauf verwandte. Jede Minute von Elisabeths jungem Leben war darauf ausgerichtet, eine ideale Partie zu machen – und ideal hieß in diesem Fall vermögend. Noch vor wenigen Jahren ging Elisabeth das Bestreben ihrer Mutter selbst auf die Nerven, doch mittlerweile war sie genauso emsig bei der Sache.

Das Mädchen von früher hinter der Maske aus Arroganz zu erkennen, war Alice immer schwerer gefallen. Als sie dann am Herbstfest für George eingestanden war oder auch heute Morgen, als sie sich nach ihm erkundigt hatte, war es Alice für einen Moment so gewesen, als wäre die alte Elisabeth wieder da: Das Mädchen, welches seine Überzeugungen hatte, das sich trotzig dem Willen seiner Mutter widersetzte.

Vom Wasser her platschte es und Alice wurde aus ihren Gedanken gerissen.

Verdrossen hatte James mit der flachen Hand auf das Wasser geschlagen. Nun saß er wie ein begossener Pudel da und starrte auf den See.

„Alles in Ordnung?" Alice stand auf und ging zu ihm hinüber. Sie nahm neben ihm im feuchten Gras Platz und sah James herausfordernd an.

Dieser schaute missmutig zurück.

„Ich schaffe es einfach nicht, den See zu teilen!"

„Ihr wollt den See teilen?" Alice ließ ihren Blick über die Wasserfläche wandern. „Ist das nicht ein wenig blasphemisch?"

Ihr Schützling zog die Augenbrauen nach oben.

„Blasphemisch? Ich versuche einen See zu teilen, der etwas größer ist als ein Gartenteich, nicht das Rote Meer."

Alice seufzte ergeben. „Na schön, keine Blasphemie." Dann lächelte sie ihm aufmunternd zu. „Ihr schafft es doch bisher ganz gut, Wasser in all seine möglichen Erscheinungsformen zu bringen, so auch in Eis und Dampf. Ist es denn viel schwieriger, es zu teilen?"

„Ja, es ist kein Problem für mich, Wasser in seine verschiedenen Aggregatszustände" – er betonte das Wort ganz besonders – „zu versetzen und auch das Teilen an sich ist nicht das Problem. Die Schwierigkeit besteht in der Masse. Wenn ich beispielsweise die Oberfläche des Sees zufrieren lasse, ist das nur ein Bruchteil des Ganzen. Schiebe ich das Wasser nach links und rechts weg, ist der gesamte See in Bewegung."

„Mmh", machte Alice und ignorierte seinen Seitenhieb darauf, dass sie das gebräuchliche Wort „Erscheinungsform" statt des Fachbegriffes genutzt hatte. James war wieder dazu übergegangen, den See mit seinen Blicken zu drangsalieren.

„Vereist Ihr die Fläche denn dieses Jahr für das große Eislaufen?", fragte sie, um ihn auf andere Gedanken zu bringen.

James zog eine Grimasse.

„Das überlasse ich Vater. Ich werde mich in die Bibliothek begeben und etwas Sinnvolles tun."

Anlässlich des großen Eislaufens war die ganze Stadt geladen, um in Verbindung mit einer warmen Mahlzeit, einen schönen Nachmittag zu verbringen. Ähnlich wie beim Herbstfest, handelte es sich dabei also um eine Veranstaltung weit außerhalb von James` Komfortzone. Dennoch dachte Alice bereits mit dunkler Vorahnung daran, wie er wohl reagieren würde, wenn Elisabeth ihn danach fragte.

„Wenn Ihr keine Menschenmassen mögt, könntet Ihr doch ein eigenes Eislaufen veranstalten. Nur für Euch und Eure Gäste."

In James Kopf schien es zu arbeiten.

„Ich könnte Lissy einladen!"

Alice lächelte verhalten.

„Ja, das könntet Ihr."

***

Henry saß auf einem Stuhl in der Bibliothek. Vor ihm auf dem Schreibtisch lag ein Exemplar von *Langatmige Gespräche überbrücken mit Zeitmagie* von Peter Mansfield, einem Zauberer, der sich augenscheinlich mit äußerst langweiligen Zeitgenossen herumschlagen musste.

Fast so wie ich, dachte Henry – halb amüsiert, halb verdrossen.

Er hoffte, in der Abhandlung einen Anhaltspunkt für ihren eigenen Zeitzauber zu finden, doch bei Peter Mansfields Ausführungen handelte sich offenbar um reine Illusion.

Seine Mutter saß im Ohrensessel vor dem Kamin und las einen Liebesroman, während Elisabeth hinter ihm an den Bücherregalen hin- und herlief.

In ihrer Gegenwart fiel es Henry nicht leicht, sich zu konzentrieren.

Dass er Elisabeth auf dem Herbstfest nicht näher gekommen war, nagte noch immer an ihm. Wäre er nur nicht zu stolz gewesen, sie um einen Tanz zu bitten …

Vielleicht sollte er es einfach der Zeit überlassen, sie ihm näherzubringen. In der Zukunft wäre sie sowieso seine Verlobte. Der Plan, sie hier und jetzt für sich zu gewinnen, kam ihm auf einmal kindisch und dumm vor. Doch in seiner bisherigen Zukunft hatte es auch noch keinen Andrew Wainwright gegeben. Könnte er ihm in die Quere kommen? So ganz würde er die Idee, sie zu bezirzen also noch nicht beiseitelegen können und wenn es nur war, um Andrew von ihr fern zu halten.

Henry wurde aus seinen Gedanken gerissen, als Elisabeths Schritte direkt hinter ihm stoppten und er ihren Atem in seinem Nacken spürte, als sie ihm über die Schulter sah.

„Ihr wollt langweilige Gespräche überbrücken?" Elisabeth lachte hell. „War es so schlimm mit Alice auf dem Herbstfest?"

Gerade noch hatte er ein Prickeln verspürt, als sie ihm so nahegekommen war. Jetzt war es wie weggeblasen. Er war auf eine Art, die er sich selbst kaum erklären konnte, verstimmt darüber, wie sie über Alice sprach.

War es, weil er hinter die Fassade der Gouvernante geblickt hatte? Weil er sie nun auf einer persönlichen Ebene kannte?

Elisabeth schien keine Antwort zu erwarten. Sie nahm ein aufgeschlagenes Buch zur Hand, welches neben ihm auf dem Schreibtisch lag. Es handelte sich um ein Werk seiner Mutter. Sie liebte Rosen über alles, weswegen diese in Hülle und Fülle im Garten zu finden waren. Ihr Interesse ging so weit, dass sie die verschiedenen Sorten beschrieb, zeichnete und das Ergebnis in Büchern binden ließ. Elisabeth hielt eines der ersten dieser Art in Händen und blickte bewundernd auf die Abbildung.

„Das ist wirklich wunderschön", bemerkte sie in Richtung der Hausherrin. Diese sah von ihrer Lektüre auf und lächelte.

„Fast so schön wie Ihr."

Henry hatte Alice aus seinen Gedanken verbannt und war nun voll auf das Mädchen neben ihm fixiert

Sie strich sich durch das dunkle Haar. Ihre roten Lippen verzogen sich zu einem Lächeln.

„Wie charmant von Euch."

Er nahm ihr das Buch aus den Händen.

„Darf ich?"

Die aufgeschlagene Seite war mit einer tiefroten Rose bebildert. Er berührte sie mit seinen Fingerspitzen und flüsterte einige Worte, bevor er die Blume herauszog. Das Papier war nun leer. Stattdessen hielt er die Rose zwischen seinen Fingern.

Galant überreichte er sie Elisabeth, die ihn fasziniert anstrahlte.

„Sie riecht ja sogar wie eine echte!", bemerkte sie verzückt, nachdem sie die Blüte zur Nase geführt hatte.

„Bring die Rose sofort wieder dahin, wo sie herkam!" Erklang plötzlich die scharfe Stimme seiner Mutter hinter ihm.

Zögernd drehte Henry sich um. Marys Augen blitzten gefährlich. Er kniff die Lippen zusammen. Musste sie ihn vor Elisabeth derart vorführen?

„Ich werde Euch wohl auf die herkömmliche Art eine Rose pflücken müssen", raunte er Elisabeth zu, die verhalten kicherte.

„Solange sie nicht aus meinem Garten ist." Der Tonfall seiner Mutter war wieder etwas milder, doch ein tadelnder Unterton war geblieben.

Henry machte sich schnell daran, den Zauber umzukehren, als James und Alice die Bibliothek betraten.

Die Haare des Jungen waren feucht und seine Augen funkelten erwartungsvoll.

„Na, James, hast du am See geübt?", fragte Mary, noch bevor er etwas sagen konnte. Sie strich ihm über den Kopf und zupfte ein paar verirrte Strähnen zurecht.

James verzog sogleich das Gesicht und versuchte, sie abzuwehren.

„Ja, habe ich und dabei kam mir die Idee, ein eigenes Eislaufen zu veranstalten. Zu Übungszwecken."

Nachdem seine Mutter immer noch nicht von ihm abließ, trat er einen Schritt zurück und sah verstohlen zu Elisabeth hinüber.

„Das ist eine wundervolle Idee." Mary schien ganz aus dem Häuschen. „Du könntest Freunde einladen."

Welche Freunde?, fragte sich Henry im Stillen, und wenn er sich James so ansah, dachte dieser wohl dasselbe.

„Ich möchte Miss Williams einladen."

Der Satz hing eine Weile in der Luft, während Mary wartete, dass weitere Namen fielen.

„Und wen noch?", fragte seine Mutter, als das Schweigen begann, unangenehm zu werden.

„Niemanden sonst."

Wieder Stille.

„Ich nehme sehr gerne an Eurem Eislaufen teil", machte sich nun Elisabeth bemerkbar.

„Vielleicht möchte uns Mr Stewart ja Gesellschaft leisten? Ich könnte auch Mr Wainwright schreiben, ob er kommen will. Er wäre sicher beeindruckt von Euren Zauberkünsten! Außerdem kann er uns bestimmt Interessantes aus London erzählen."

James' Begeisterung hielt sich in Grenzen, doch er zuckte resigniert mit den Schultern.

„Natürlich …"

„Schön", kommentierte Mary, „Dann geh dich jetzt bitte waschen und komm dann zum Dinner, ja?"

Sie nickte Alice freundlich zu, die der Unterhaltung still gefolgt war. Diese lächelte kurz, warf Henry einen scheuen Blick zu und verschwand mit James nach draußen.

„London ist so faszinierend!", bemerkte Elisabeth, als sie fort waren, „Das Leben dort muss furchtbar aufregend sein." Sie blickte verträumt in die Ferne. „Irgendwann einmal dort zu leben wäre wirklich fantastisch."

„Ach, ja?"

Elisabeths Träume von der großen Stadt schienen von Andrew noch bestärkt worden zu sein. Bis vor Kurzem hatte er nicht einmal gewusst, wie fasziniert sie von London war, geschweige denn, wie sehr sie das Landleben verabscheute.

Langsam zweifelte er wirklich an sich selbst. Bis heute konnte er sich nicht an Alice als seine Gouvernante erinnern. Wusste nicht, was mit ihr geschehen würde. Warum sie in seiner Zukunft keinerlei Rolle spielte.

Und nun merkte er nach und nach, dass er seine spätere Verlobte kaum kannte.

Langsam wurde es ihm wirklich genug. Es war Zeit, wieder in sein geordnetes Leben zurückzukehren. Zumindest zu dem, was davon noch übrig sein würde …

Kapitel 15

„Ich werde gleich nach oben gehen, einen Brief an Mr Wainwright aufsetzen und einen Boten losschicken." Elisabeth nickte Henry und Mary zu, bevor sie den Raum verließ.

Missmutig klappte Henry das Buch von Peter Mansfield zu und lehnte sich zurück. Erneut war er kein Stück weitergekommen. Weder bei Elisabeth noch bei seinen Recherchen zur Zeitmagie.

Sein Blick fiel auf Mary, die sich wieder in ihre Lektüre vertieft hatte.

„Wie könnt Ihr nur diese Groschenromane lesen?", fragte er seufzend und stand auf. „Reicher Mann verliebt sich entgegen aller Widerstände in mittelloses Mädchen. Das ist so entfernt von jeder Realität."

Er schritt zu ihr hinüber.

„Na, du kennst dich ja bestens aus." Seine Mutter hob den Kopf und sah ihn herausfordernd an.

„Nennt mir einen Menschen, dem das im wirklichen Leben passiert ist."

Henry nahm in einem Sessel gegenüber von ihr Platz.

„Meinst du das ernst?", fragte Mary stirnrunzelnd und klappte den Roman in ihrem Schoß zu.

Henry blickte verwirrt zurück. Irgendetwas in der Unterhaltung musste er gerade verpasst haben.

„James, … ich meine Henry, hast du denn keine Ahnung wie sich dein Vater und ich uns kennengelernt haben?"

Henry überlegte einen Moment. Mit Sicherheit war das einmal zur Sprache gekommen, doch anscheinend hatte er, wie so oft, nicht zugehört.

„Ich befürchte, dass mir diese Geschichte gerade nicht präsent ist."

Mary schien zu überlegen, ob sie enttäuscht sein sollte. Dann legte sie das Buch auf einen Beistelltisch zu ihrer Rechten.

„Sag, erinnerst du dich an deine Großmutter?"

„Natürlich." Angela Gremory hatte ihn als ihren Enkel zeitlebens verwöhnt, wo es nur ging.

„Nun, sie und dein Großvater waren sehr strenge Eltern. Sie haben viel dazu beigetragen, den Namen Gremory zu dem zu machen, was er heute ist. Richard war der ganze Trubel oft zu viel. Er war ein richtiger Sturkopf. Sein Vater war im Stadtrat und hat ihn gerne zu den Sitzungen mitgenommen. Eines Tages schlich er sich nach draußen und erkundete auf eigene Faust die Straßen."

„Vater war der Trubel im Rathaus zu viel? Na, dann hat er sich ja gerade die richtige Stellung ausgesucht." Henry zog die Nase kraus.

„Das waren andere Zeiten." Mary lächelte. Ihre Augen hatten einen träumerischen Ausdruck angenommen und schienen durch ihn hindurchzusehen.

„Du kennst ihn ja, er hat jede Menge Visionen. In seiner Stellung hat er die Freiheit, sie zu verwirklichen und Gutes zu tun. Aber lass mich weiter erzählen. Dein Vater verschwand also aus dem Rathaus und schlenderte durch die Stadt. Es war gerade Markt und ich war mit einer Freundin unterwegs.

Als ich Richards begegnete, konnte ich einfach nicht aufhören, ihn anzustarren. Ich kannte ihn als Sohn des Bürgermeisterns natürlich vom Sehen, aber so einfach mitten auf der Straße, unter all diesen normalen Menschen … Und das Verrückte war, dass auch er mich unverwandt ansah. Es war für einen Moment beinahe so, als wären wir die einzigen Menschen auf dem ganzen Platz. Dieser Augenblick hätte einfach so verstreichen können und jeder wäre seiner Wege gegangen, aber dann kam er tatsächlich auf mich zu und sprach mich an. Ich war völlig verwirrt, schließlich hatte uns niemand einander vorgestellt und wie gesagt, er war der Sohn des Bürgermeisters!" Mary wirkte wie zurückversetzt, als würde sie den Moment ihres Kennenlernens erneut erleben. Sie wurde sogar etwas verlegen, als sie von dem forschen Verhalten des jungen Richard erzählte.

Bis hierher kam Henry die Geschichte bekannt vor. Wäre die Situation eine andere gewesen, hätte er seine Aufmerksamkeit jetzt dem Fenster zugewandt.

„Gut, es war also Liebe auf den ersten Blick. Kommen wir zum Punkt." Seine Stimme klang kühler als beabsichtigt.

Warum war ihm dieses Gerede über Liebe so unangenehm? Lag es wirklich daran, dass ihm Gefühle unwichtig waren oder war es, weil er derlei bislang nie selbst für eine Frau empfunden hatte? Diese reine, unverfälschte, bedingungslose Liebe, von der in Marys Romanen die Rede war, nicht das körperliche Begehren, welches Elisabeth in ihm auslöste.

„Sei nicht so ungeduldig!", tadelte ihn Mary, doch sie lächelte immer noch vom Glück beseelt.

„Meine Freundin und ich hofften damals, ein paar weniger schöne Waren zu einem geringen Preis auf dem Markt erwerben zu können. Du weißt schon, Obst und Gemüse mit Druckstellen und faulen Ecken, oder Brot vom Vortag. Unsere Familien waren damals darauf angewiesen, auf diese Art zu sparen, denn von politischer Seite kümmerte sich zu jener Zeit niemand um Unsereins."

Unsereins?

In Henrys Kopf begannen die Gedanken zu rotieren.

Bedeutete das etwa …?

Mary lachte, als sie seinen Gesichtsausdruck bemerkte.

„Ja, du hast es erfasst: Mein Mädchenname ist Connerly. Er starb mit meinem Vater aus und so verwundert es kaum, dass der Name heute niemandem mehr ein Begriff ist, doch das war er auch damals nicht wirklich. Ich gehörte zu jenem verarmten, niederen Adel, zu dem auch die Mädchen gehören, die ich heute unterrichte. Zu jenen Menschen, um die Leute wie dein Vater einen großen Bogen machen sollten, wenn es nach deinen Großeltern ginge."

Henry war, als hätte ihm jemand ein Brett vor den Kopf geschlagen. Diese Information kam so unerwartet, dass er sie kaum fassen konnte.

„Du kannst dir wohl vorstellen, wie unsere Verbindung anfangs aussah: Richard und ich konnten uns nur heimlich treffen. Meistens im Wald zwischen Herrenhaus und Stadt. Trotz unserer schwierigen Situation, war er ganz Gentleman und schenkte mir bei jedem dieser geheimen Rendezvous eine Rose aus dem Garten."

„Deswegen liebt Ihr Rosen so sehr …", murmelte Henry, doch Mary war so in ihrer Erinnerung versunken, dass sie ihn nicht zu hören schien.

„Er schlich sich von zu Hause fort, so oft er konnte, doch das fiel natürlich auf. Irgendwann ließ ihn deine Großmutter nicht mehr aus den Augen. Ich muss zugeben, dass ich selbst, trotz aller Liebe, an einer gemeinsamen Zukunft zweifelte. Es sprach zu viel gegen uns. Doch Richard meinte es wirklich ernst und irgendwann eröffnete er seiner Familie und mir, dass er mich heiraten wolle."

Sie seufzte tief. Ihre Stimmung schwappte ins Traurige über.

„Es gab ein fürchterliches Theater! Dein Großvater hätte seinen Sohn sicher enterbt, wenn das Vermögen dann nicht an seinen verhassten Cousin gegangen wäre. Am Ende haben sie seine Entscheidung akzeptiert, mich persönlich aber nie. Ich habe das nur ertragen, weil Richard mir nie das Gefühl gegeben hat, minderwertig zu sein, doch viele andere aus den oberen Schichten sehen heute noch auf mich herab."

„Andere wie Harriett Williams?"

Henrys Stimme schwankte ein wenig, als sich so manches in seinem Kopf zusammenfügte. Er hatte nie begriffen, warum Elisabeths Mutter so abwertend auf Mary reagierte. Schließlich war sie die Frau des Bürgermeisters. Und doch: Wegen ihrer Herkunft empfand Mrs Williams seine Mutter als unwürdig.

„Ja, so wie Harriett. Aber auch aus meinem direkten Umfeld waren nicht alle begeistert von dem Vorhaben."

„Aber gerade Eure Familie müsste sich doch vor Freude überschlagen haben? Das war doch ein enormer Aufstieg für Euch."

Mary nickte langsam, immer noch in ihrer Erinnerung versunken.

„Meine Familie war überglücklich. Es ging eher um meine Freundin Margret."

„Margret?" Henry kam dieser Name in keinster Weise bekannt vor.

„Margret Collins, damals noch Lewis."

„Collins? Die Mutter von Alice Collins?"

Henry wusste kaum wie ihm geschah, so rasant drehten sich die neuen Informationen in seinem Kopf.

„Ja, Maggie und Mary. Wir waren zu der Zeit unzertrennlich."

„Aber was sollte sie gegen Eure Verbindung haben? Oder hatte sie sich auch Hoffnungen auf Richard gemacht?"

„Nein", erwiderte seine Mutter schnell und stockte dann einen kurzen Moment, „Sie war einfach der Meinung, dass es niemals würde funktionieren können. Maggie blickte schon vor unserem Treffen mit Richard voller Ehrfurcht und Bewunderung auf die oberen Klassen. Doch und vielleicht gerade deswegen, erstarrte sie regelrecht vor Ehrfurcht, wenn sie ihnen nahe kam. „Er lebt in seiner Welt und wir in der unseren, mach dir doch nichts vor, Mary. Sie werden dich nie akzeptieren, aber wenn, dann gibt es kein Zurück mehr! Dann bist du für mich unerreichbar.", sagte sie, als ich ihr von meinen Gefühlen erzählte."

Henry bemerkte, wie Marys Augen feucht wurden. Seine Mutter brauchte keine Reise in die Vergangenheit, um sie klar vor sich zu sehen.

„Womöglich hatte sie recht, ich weiß es nicht. Es ist nicht so, als hätte ich nicht versucht, den Kontakt aufrechtzuerhalten. Ich besuchte sie einige Male nach der Hochzeit, aber da war auf einmal diese Mauer zwischen uns. Sie nannte mich plötzlich Mrs Gremory und tat, als wäre ich ein anderer Mensch. Für sie war ich das vermutlich auch."

„Aber es ist nicht Eure Schuld, wenn sie Euch auf einmal anders behandelt hat als zuvor!", warf Henry ein. Es berührte ihn seltsam, seine Mutter so traurig zu sehen.

„Es ist keine Frage von Schuld, denke ich", beschwichtigte sie ihn und wischte sich eine einzelne Träne von der Wange. „Wobei ich mich tatsächlich oft gefragt habe, ob ich etwas hätte anders machen sollen, ob ich sie im Stich gelassen habe. Ein Jahr später heiratete sie Matthew Collins, der damals schon ein Trinker war. Kaum neun Monate später bekam sie die Zwillinge.

Ich traf sie eines Tages in der Stadt. Maggie war so reserviert wie immer und gezeichnet vom Asthma, das sie seit ihrer Kindheit quälte. Als ich die kleine Alice sah, schnürte es mir fast die Kehle zu. Sie war so lebenslustig und unbeschwert und sie sah ihrer Mutter so ähnlich.

Du warst gerade ein Jahr alt und ich ließ es mir nicht nehmen, dich selbst spazieren zu fahren. Während ich mich auf einer Bank sitzend mit Margret unterhielt, kümmerte sich die sechsjährige Alice so rührend um dich, dass ich beschloss, sie als deine Gouvernante anzustellen, sobald sie alt genug wäre. Um ehrlich zu sein, war sie es auch, die mich auf die Idee für den Unterricht brachte, neben meinen eigenen schlechten Erfahrungen in der Welt der Oberschicht natürlich."

Mary lachte kurz auf, doch es klang nicht so fröhlich wie sonst.

„Wusstest du, dass Angela Gremory bis zu ihrem Tod kein Wort mit mir gewechselt hat?"

„Wirklich?" Henry, der seine Großmutter zwar als strenge, aber doch herzliche Person in Erinnerung hatte, war ehrlich verblüfft.

„Ja, aber ich rechne es ihr hoch an, dass sie so freundlich zu dir war."

Ihr Lächeln wurde wieder wärmer. „Sie war absolut vernarrt in dich!"

Henry konnte ihr Lächeln nur gequält erwidern. Was er gerade erfahren hatte, brachte viele seiner Überzeugungen durcheinander. Überzeugungen, die ihn zu dem gemacht hatten, was er heute war.

Er dachte an Mrs Collins, die bei seinem Besuch so mitgenommen ausgesehen hatte. Seine Gedanken nahmen eine andere Richtung.

„Habt Ihr Margret nie angeboten, einen Arzt für sie zu bezahlen?"

Er fühlte sich nicht gut, nachdem er diese Frage ausgesprochen hatte, doch würde sie nein sagen, würde er sich womöglich besser fühlen. Nicht so schuldig seiner Gedanken und Worte gegen jene, die sich unter seinem Stand befanden.

Das Gesagte hatte einen wunden Punkt getroffen. Mary zuckte, wie von Schmerz getroffen, zusammen.

„Doch natürlich, ich habe es zumindest versucht. Es gab einen furchtbaren Streit deswegen …"

Sie sprach nicht weiter, und wenn sich Henry die Reaktion der kranken Frau ins Gedächtnis rief, als er in ihrer Wohnung stand und einen Arzt für George anbot, konnte er nachempfinden, was seine Mutter zuvor als „Mauer" beschrieben hatte.

Plötzlich wurden Schritte laut und ein sauberer, gekämmter James stand mit seiner Gouvernante in der Tür.

„Das ist euch beiden ja wundervoll gelungen! Und gerade noch rechtzeitig, um pünktlich mit dem Dinner zu beginnen." Marys Stimme klang übertrieben fröhlich. Henry wurde erst jetzt bewusst, dass seine Mutter ihren Kummer jahrelang vor ihm verborgen haben musste. Gerade zu den Zeiten, als seine Großmutter noch gelebt hatte.

Mary war aufgestanden und zu ihrem Sohn gelaufen. Auch Henry hatte sich erhoben. Sein Blick fiel auf Alice. Auf das Mädchen, welches seine Mutter als zweite Chance ansah. Als Versuch, etwas bei ihrer früheren Freundin gutzumachen – dessen war Henry sich sicher, auch wenn es Mary selbst womöglich nicht klar war.

Kapitel 16

Henrys Nerven waren seit Tagen dauerhaft angespannt. Bis zu dem Gespräch mit seiner Mutter hatte er die Zweifel bezüglich seines zukünftigen Lebens erfolgreich verdrängt. Jetzt brachen sie wie eine Welle über ihn herein. Tagsüber beschäftigte er sich intensiver denn je mit dem Zauber. Nachts jedoch, wenn er die Kontrolle über seine Gedanken verlor, trieb er von einem Albtraum in den nächsten. Er erinnerte sich selten an ihren genauen Inhalt. Und doch sorgten sie dafür, dass er mit heftig klopfendem Herzen aus dem Schlaf schreckte, um danach stundenlang in die Dunkelheit zu starren. Ohne das bunte Treiben, das sich am Tag im Herrenhaus abspielte, ließen sich die düsteren Selbstzweifel und Zukunftsängste nur schwer abschütteln.

Ausgerechnet der Traum von letzter Nacht war ihm noch lebhaft vor Augen: Elisabeth und er fuhren Schlittschuh auf dem See im Garten. Sie war wie immer wunderschön und lachte über eine seiner Bemerkungen, doch es klang merkwürdig hohl und falsch. Er sah vor sich auf die Eisfläche, wo James seine Runden drehte, und plötzlich bemerkte er Fäden, welche sich von seinen Gelenken aus nach hinten spannten. Sie endeten bei Elisabeth, die auf einmal ein Holzgestell in den Händen hielt. Eines jener Gestelle, die Puppenspieler nutzen, um Marionetten zu führen.

Seit dem Morgen grübelte Henry nun schon über diesem Traum. War er etwa ein Hinweis darauf, dass er sich doch manipulieren ließ? Natürlich nicht, Träume waren ja keine Visionen. Aber er wies doch darauf hin, dass er sich unsicher war.

Hatte er sich wirklich seit seiner Kindheit manipulieren lassen? Was sagte das dann über all seine bisherigen Entscheidungen aus?

Entscheidungen, die er in dem Glauben an einen freien Willen getroffen hatte.

Entscheidungen wie jene, um Elisabeths Hand anzuhalten.

Er musste einfach Gewissheit haben, wie sie zu ihm stand. Sie war immer so aufmerksam, wenn sie mit ihm sprach, so charmant und doch so unverbindlich. Er vermutete, dass es Andrew und seinem jüngeren Ich ähnlich erging. Wenn er mit ihr allein war, hatte er das Gefühl, etwas Besonderes für sie zu sein. Kaum war einer der anderen mit im Raum, wurde er sich unsicher.

Würde sie sich ihm gegenüber fortan anders verhalten, wenn er kein lohnendes Ziel mehr abgäbe? Um das herauszufinden, wollte er ihr heute bei James privatem Eislaufen erzählen, dass er zumindest in finanzieller Hinsicht kein gewinnbringender Ehemann wäre.

Wie würde sich Elisabeths Verhalten ihm gegenüber ändern?

Es war kalt geworden, als sie am Sonntagnachmittag das Haus in Richtung See verließen. Dunkle Wolken jagten über den Himmel und es roch nach Schnee.

Sein Vater hatte ihm Schlittschuhe geliehen, die seiner Mutter trug Alice unter dem Arm. Ihre Wangen waren von der Kälte gerötet. Ein paar blonde Strähnen hatten sich aus ihrem Zopf gelöst und wehten ihr ins Gesicht. Elisabeth sah, wie auch in seinem Traum, umwerfend aus. Sie schien selbst eine Zauberin zu sein, die Wind und Wetter einfach an sich abprallen ließ. James hielt sich dicht an ihr und blickte bewundernd zu ihr hoch. Henry konnte es ihm nicht verübeln. Andrew würde später zu ihnen stoßen, ihm blieb also nicht viel Zeit, Elisabeth auf die Probe zu stellen.

Am Ufer angekommen, begab sich James theatralisch stolzierend zum Wasser hinab und setzte einen Fuß auf die kleine Wellen schlagende Oberfläche. Ein Wort aus seinem Mund und Eiskristalle breiteten sich kreisförmig von seinen Schuhen weg aus. Innerhalb weniger Minuten schimmerte eine perfekte, beinahe durchsichtige Eisschicht auf der Wasseroberfläche. Triumphierend sah James zu ihnen herüber. Elisabeth klatschte begeistert, zog sich auf der Bank sitzend ihre Schlittschuhe an und folgte ihm auf die Eisfläche.

Alice tat es ihr gleich, jedoch wesentlich zögerlicher als ihre Altersgenossin. Henry ließ sich neben ihr nieder und schlüpfte aus seinen Stiefeln.

„Du hast es ja nicht gerade eilig, den beiden zu folgen", bemerkte er, während er seine Finger über die Kufe des Schlittschuhs gleiten ließ, den er in der Hand hielt.

Alice lächelte schwach.

„Ich kann nicht schwimmen und obwohl ich James Zauberkünsten vertraue, widerstrebt es mir, dass zwischen Leben und Tod nur eine dünne Eisschicht liegt."

Sie kann nicht schwimmen.

Aus irgendeinem Grund schienen gerade diese Worte etwas in seinem Hirn anzustoßen. Sie hallten durch seinen Kopf und ließen ihn stutzen.

Irritiert schüttelte er den Kopf und streifte sich die Schlittschuhe über.

Alice blickte noch einmal sorgenvoll auf den See, dann erhob sie sich mit ihm und stakste zum Ufer hinunter.

James drehte indes bereits seine Runden und kreiste um Elisabeth, die sicheren Schrittes einen Fuß vor den anderen setzte. Leichtfüßig vollführte sie eine Drehung und fuhr ein paar Meter rückwärts. Henry klatschte höflich, während er auf sie zulief.

„Bravo, Miss Williams!"

Elisabeth verbeugte sich übertrieben tief und grinste ihn dann erwartungsvoll an.

Henry konnte einigermaßen passabel Schlittschuhlaufen, doch nach Kunststückchen stand ihm heute nicht der Sinn. Mit einem Blick zurück versicherte er sich, dass James und Alice etwas entfernt beschäftigt waren. Die Gouvernante war gerade mit Schwung auf ihrem Hinterteil gelandet und versuchte sich nun wieder aufzurappeln. Ihr Schützling drehte seine Runden nun um sie und schien sie necken zu wollen.

„Wenn Ihr nur eine halb so gute Ehefrau seid, wie Ihr Schlittschuh lauft, kann sich der zukünftige Mann an Eurer Seite glücklich schätzen", bemerkte Henry betont lässig an Elisabeth gewandt, doch sein Blick lag forschend auf ihren Gesichtszügen.

Elisabeth lachte auf.

„Seid Ihr immer so direkt, Mr Stewart?"

„Nur, wenn ich versuche, jemanden aus der Reserve zu locken."

Es hatte etwas Lauerndes, wie sie in kleinen Kreisen umeinander fuhren.

„Ihr seid ein interessanter Mann." Elisabeth sprach langsam und mit Bedacht. „Aber Ihr gebt nie etwas Persönliches preis." Ein spitzbübisches Lächeln umspielte ihren roten Mund. Henry ertappte sich dabei, diese Lippen küssen zu wollen.

„Habt Ihr etwas zu verbergen?"

Auch Henry lächelte. Sein Plan für heute schien aufzugehen. Er hatte eben doch alles im Griff!

„In meinem Leben gibt es nur wenig, bei dem sich das Verbergen lohnt."

Sie schlitterten nun nebeneinander in Runden am Rande des Sees entlang.

„Mein Vater verspielte mein Erbe, deswegen bin ich hier. Wenn Mr Gremory mir eine magische Ausbildung gewährt, bewahrt das meine Mutter und mich vor der völligen Armut und vielleicht reicht es sogar für ein bescheidenes Leben in einer Stadt wie dieser."

Eine simple Geschichte, nicht zu dick aufgetragen, um unglaubwürdig zu wirken und doch machte sie deutlich, dass bei ihm kein Geld zu holen war.

Elisabeth verzog keine Miene bei seinen Worten.

Was hatte er für eine Reaktion erwartet? Dass sie entsetzt von ihm abließ?

„Das ist wirklich bedauerlich."

Bedauerlich, weil er nun für sie nicht mehr in Frage kam?

„Was sind Eure Pläne für die Zukunft?", fragte er leichthin.

Elisabeth legte den Kopf schief und schien zu überlegen. Wenn er nur in ihn hineinblicken könnte …

„Reisen, Erfahrungen sammeln, eine gute Partie machen …"

„Eine gute Partie? So wie James Gremory?"

Henrys Magen zog sich zusammen.

Elisabeth lächelte ertappt, schien aber nicht beunruhigt zu sein. Nachdenklich sah sie zu dem Jungen hinüber.

„Ja, so wie James. Wenn man ihn sich so ansieht, ist er perfekt. Noch jung und formbar, zudem von hohem Stand und Vermögen."

Formbar? War das nicht eine nette Umschreibung von manipulierbar? Henrys Herz schlug schmerzhaft gegen seine Brust. Nach außen hin jedoch versuchte er, unbeeindruckt zu wirken.

„Warum erzählt Ihr mir das? Wieso denkt Ihr, dass ich nicht sofort zu Mr Gremory gehen werde und ihm von Ihrem Vorhaben erzähle? Euer Anliegen ist zwar nachvollziehbar, aber auch recht … verschlagen."

Elisabeths Blick wanderte wieder zu ihm. Sie waren stehen geblieben.

„Weil Ihr in dieser Hinsicht so seid wie ich."

„Wie Ihr?"

„Ja, Euch ist ebenso wie mir klar, worauf es in dieser Welt ankommt, und das sind sicher nicht Gefühle." Ihre Augen starrten nun auf einen blinden Fleck, irgendwo neben ihm.

„Wart Ihr denn nie verliebt?" Henrys Atem ließ eine Dampfwolke vor ihm aufsteigen.

Langsam fielen erste Schneeflocken auf sie nieder.

„Doch, einmal."

George … er hatte tatsächlich die Wahrheit gesagt.

Er sah Elisabeth noch einmal vor sich, wie sie Alices Bruder auf dem Herbstfest vor seinen Angreifern verteidigte. Wie sie keinen Schritt zurück gewichen war.

In all den Jahren hatte er sie nie so erlebt. Das waren echte Gefühle gewesen. Alles, was sie ihm gegenüber je gezeigt hatte, war bewusst kalkuliert worden, um ihn an den Punkt zu bringen, an dem er in zehn Jahren stehen würde.

Henry hatte dieses Szenario befürchtet und doch ließ es nun Übelkeit in ihm aufsteigen. Am liebsten wäre er sofort zurück ins Herrenhaus gegangen, um sich in irgendeine Art von Arbeit zu stürzen.

„Liebe ist nichts für unsereins, Mr Stewart."

Elisabeths melancholische Stimme riss ihn aus seinen Gedanken.

„Sie ist dem gemeinen Volk vorbehalten." Sie nickte zu Alice hinüber, die gerade versuchte, James hinterher zu kommen.

„Wobei natürlich auch da Grenzen bestehen." Sie lächelte freudlos.

„Was meint Ihr?", fragte Henry irritiert.

„Habt ihr denn nicht ihre Blicke bemerkt?" Elisabeth setzte sich wieder in Bewegung und anfangs hatte er es schwer, ihr zu folgen.

„Sie ist verliebt in Euch."

Henry stockte für einen kurzen Moment, um die Verfolgung dann in noch höherem Tempo fortzuführen.

„Wieso seid Ihr Euch da so sicher?"

Er warf einen kurzen Blick hinüber zu Alice, die durch Wind und Schnee noch zerzauster wirkte als zu Beginn.

Hätte er es nicht bemerkt, wenn jemand in ihn verliebt wäre? Nun, sein Vertrauen in das eigene Urteilsvermögen war mittlerweile ziemlich geschrumpft. Was wusste er schon wirklich?

Gerade schlitterten sie an der Gouvernante vorbei. Der Luftzug brachte sie erneut ins Straucheln.

„Eine Frau sieht so etwas", erklärte Elisabeth, als sie wieder außer Hörweite waren.

Erst jetzt bemerkte Henry, dass er nach Atem rang. Er war kein schlechter Fahrer, aber mit Elisabeth mitzuhalten war nicht einfach. Sein Bewegungspensum beschränkte sich sonst lediglich auf die Wege zwischen Bibliothek, Speisezimmer und Schlafzimmer.

„Brecht ihr das Herz nicht zu grob, ja?", rief sie ihm noch zu und glitt dann in Richtung Ufer. Als er genauer hinsah, entdeckte er dort eine rothaarige Gestalt.

Andrew!

Henry stoppte und beobachtete, wie Elisabeth mit ihm sprach.

Er war verkrampft und erhitzt. Das kam weniger vom Schlittschuhlaufen als von den Erkenntnissen, die er eben gewonnen hatte.

Elisabeth liebte ihn nicht, sie hatte ihn nie geliebt und vermutlich würde sie das nie tun.

Aber vielleicht doch, in ein paar Jahren, wisperte eine leise Stimme in seinem Hinterkopf.

Nein, das war Unsinn, sprach seine Vernunft und er musste ihr recht geben.

Vor diesem Tag war er der Meinung gewesen, es würde keinen Unterschied machen. Nun wusste er, dass es doch einen machte. Aber was bedeutete dieser Unterschied?

***

Dass Andrew zu ihnen gestoßen war, bemerkte Alice, als er und Elisabeth lachend an ihr vorbeiglitten und er versehentlich ihren Arm streifte. Dies hatte einen erneuten Sturz zur Folge.

Einen Moment blieb sie benommen sitzen und schloss die Augen, bis der Schmerz in ihrem Steiß langsam abklang. Morgen war sie sicher grün und blau. Erschrocken stellte sie fest, wie Tränen in ihr hochstiegen.

Was für eine furchtbare Idee, Schlittschuh zu laufen, und dann war sie auch noch von ihr selbst gekommen. Ihr tat mittlerweile alles weh. Ihre Hände waren eiskalt und taub und sie war so unglaublich kraftlos. Das ganze Stürzen und Aufrappeln, Balancieren und Stabilisieren forderte seinen Tribut. Sie war frustriert.

Reiß dich zusammen, ermahnte sie sich selbst und unterdrückte ein Schluchzen. Ihre Lider waren noch immer geschlossen, als sie hörte, wie jemand auf sie zuschlitterte.

Na wunderbar, etwas zusätzlicher Hohn und Spott kamen ihr gerade recht.

Das Geräusch machte vor ihr halt. Es folgte ein Moment der Stille und dann Henrys dunkle Stimme: „Alles in Ordnung?"

Ausgerechnet Mr Stewart. Gerade vor ihm wollte sie sich nicht blamieren. Zumindest nicht noch mehr als sowieso schon.

Blinzelnd öffnete sie die Augen.

„Ja, alles gut", murmelte sie scheu. Irgendwie wirkte er erschöpft und ein wenig traurig. Seine sonst gestrafften Schultern hingen herab, die Wangenknochen ragten noch deutlicher aus dem angespannten Gesicht hervor.

Mit müdem Lächeln reichte er ihr seine Hand.

„Na, komm."

Alice starrte unschlüssig zu ihm auf.

„Vielleicht ist es besser, ich bleibe hier sitzen, bis Master James beschließt, dass wir wieder nach drinnen gehen. Meine Knochen werden es mir danken."

Im ersten Moment machte sich Verblüffung in Henrys Gesicht breit, dann lachte er leise.

„Das wäre natürlich auch eine Möglichkeit."

Für einen Augenblick wirkte er nicht mehr ganz so traurig. Mit einem schiefen Grinsen auf den Lippen wies er auf seine Hand.

„Trotzdem wirst du dir eine schlimme Erkältung holen und was würde George dann nur sagen?"

Nun lächelte auch Alice.

„Vermutlich würde er auf die feine Gesellschaft schimpfen und darüber, dass es nur reichen Leuten einfallen könne, bei diesem Wetter auf dem Eis herumzuturnen."

Kurz befürchtete sie, zu weit gegangen zu sein, doch ihr Gegenüber grinste noch immer. Ermutigt griff sie nach der dargebotenen Hand. Sie fühlte sich erstaunlich warm und stark an. Es war, als wenn durch den Hautkontakt Energie in ihren Körper fließen würde. Von ihrer Hand breitete sich wellenartig eine wohlige Wärme aus. War das Magie?

Ohne viel Kraftaufwand wurde sie nach oben gezogen und ehe sie sich versah, stand sie auf wackeligen Beinen. Henry hielt sie noch immer fest.

„Geht es?"

Was war nur heute mit ihm los? Wo war der überhebliche Mr Stewart, der sie von oben herab musterte?

„Ja, danke."

Seine Nähe ließ sie leicht schwindeln. Vielleicht lag es aber auch an der Wärme, die immer noch von ihm ausging und sich langsam in ungewohnte Hitze steigerte.

Mittlerweile war aus einzelnen Flocken ein Schneegestöber geworden.

„Du musst deine Beine stabilisieren."

Alice sah ihn zweifelnd an, versuchte es aber dennoch. Trotz ihrer erschöpften Muskulatur schaffte sie es, einigermaßen fest auf dem Eis zu stehen.

Henry legte seinen rechten Arm sanft um ihre Hüfte und hielt mit der linken Hand weiter die ihre fest, bevor er sie vorwärts schob. Alices Wangen glühten. Sie wusste selbst nicht, ob es an einem Zauber oder einfach seiner Nähe lag.

Es funktionierte besser als erwartet, doch vom sicheren Fahren war sie noch weit entfernt.

„Wie geht es deinem Bruder?"

„Ähm, ganz gut. Er meint, das Knie würde sich noch sehr wackelig anfühlen, aber er kann sogar schon etwas laufen."

„Das ist doch ein guter Anfang."

Sie glaubte nicht, dass er nur aus Höflichkeit fragte. Trotzdem hatte sie das Gefühl, als wäre Henry mit den Gedanken bereits wieder weit weg. Als sie einen kurzen Blick auf sein Profil erhaschte, war der traurige Ausdruck in seinen Augen zurück.

„Und wie geht es Euch?", fragte sie und versuchte gleichzeitig weiter ihre Beine gerade zu halten.

Es schien, als hätte sie ihn aus einem Traum geweckt. Er drehte den Kopf zu ihr und sah sie unverwandt an.

„Wie? Oh, mir geht es gut."

Er legte nachdenklich die Stirn in Falten.

„Es gibt nur einige schwerwiegende Entscheidungen zu treffen."

Für einen Moment schloss er die Augen, seufzte und öffnete sie matt lächelnd wieder.

„Ich muss jetzt zurück zu Mr Gremory. Entschuldige mich."

Bevor er sie endgültig losließ, rief er James herbei, der auf sie zukam, ohne den Blick von Elisabeth und Andrew zu lösen. Aus ihrer Richtung hallte Gelächter.

Wollte er ihretwegen gehen?

„Was ist?", fragte James, kaum dass er sie erreicht hatte.

„Ich möchte, dass Ihr auf Alice aufpasst. Sie soll nicht noch einmal fallen!"

Sein Ton war so bestimmend, dass der Junge keine Widerworte gab.

Henry legte ihre linke Hand von hinten auf James Schulter und bedeutete ihr, mit der Rechten dasselbe zu tun. Erst dann ließ er sie vollends los.

„Ihr habt nun die Verantwortung!"

Ohne ein weiteres Wort, weder an die beiden noch an das schwatzende Paar hinter ihnen, verschwand er in Richtung Ufer.

James seufzte ergeben.

„Na, schön, aber halte dich gut fest. Wenn du loslässt und fällst, kann ich auch nichts dafür!"

Dann fuhr er los und zog Alice hinter sich her.

Kapitel 17

Er ist eben doch noch ein kleiner Junge, dachte sich Alice, als sie am nächsten Tag mit James im Salon saß. Jeder Muskel in ihrem Leib schmerzte. Erst nachdem Mr Stewart James angewiesen hatte, auf sie achtzugeben, war sie nicht mehr gefallen, doch die Male zuvor hatten gereicht. Ihr Hinterteil war übersät mit blauen Flecken, die sich bis hinauf in den unteren Rücken zogen.

Seit Elisabeth sich als Gast bei den Gremorys niedergelassen hatte, war James ausschließlich überheblich und unfreundlich zu ihr gewesen. Doch gestern hatte sie eine andere Seite an ihm kennengelernt. Nach Henrys Aufforderung hatte er sie noch eine ganze Weile hinter sich hergezogen und dabei schien er tatsächlich Spaß gehabt zu haben.

Auch wenn er es nie offen zugegeben hätte: Das Funkeln in seinen Augen hatte ihn verraten. Ein, zwei Male waren sie zwischen Elisabeth und Andrew hindurchgefahren, ansonsten ließen sie die beiden links liegen. Als James sich dann noch auf eine Schneeballschlacht mit ihr einließ, wirkte er beinahe wie ein normales Kind. Gut, er hatte sich der Magie bedient, was für einen etwas unausgeglichenen Kampf gesorgt hatte, aber das war nun wirklich nichts, was ihre Laune hätte trüben können.

Heute Morgen war Elisabeth abgereist und in Alice keimte die Hoffnung, dass sich ihr Verhältnis zu James von jetzt an stetig bessern würde.

Der junge Zauberer las schon eine ganze Weile in einem großen Ohrensessel und Alice beschloss aufzustehen, um ihre schmerzenden Glieder zu strecken. Sie erhob sich und nahm die Hände hinter den Rücken und schlenderte ein wenig umher. Sie betrachtete die Buchrücken auf dem Stapel neben James, blickte aus den hohen Sprossenfenstern nach draußen in den Garten und ließ ihre Finger über die glatte Oberfläche des Flügels gleiten, der in einer Ecke stand. Sie hatte nie jemanden aus der Familie darauf spielen hören.

Etwas unentschlossen nahm sie auf dem Hocker davor Platz und öffnete die Klappe. Weiß und schwarz, matt schimmernd, lagen die Klaviertasten vor ihr. Zaghaft legte sie ihre Hände auf das kalte Elfenbein. Aus den Augenwinkeln bemerkte Alice, dass James aufblickte und sie neugierig musterte.

„Du kannst spielen?"

Alice zuckte mit den Schultern.

„Nur wenig, ein paar Stücke bloß."

„Woher?"

James hatte die Stirn gerunzelt und sah so wieder einmal deutlich älter aus, als er war.

„Bei uns im Haus lebte früher eine ältere Dame. Nach dem Tod ihres Mannes ging all ihr Besitz an ferne Verwandte, die ihr lediglich die kleine Wohnung finanzierten. Nur das Klavier war ihr von früher geblieben." Gedankenverloren ließ Alice ein paar Töne erklingen. „Es war natürlich kein so schöner Flügel wie dieser hier." Ihre Finger kletterten die Tonleiter nach oben und wieder nach unten. „Ich habe ihr oft mit Besorgungen geholfen oder das Feuerholz nach drinnen gebracht. Dafür gab sie mir ein wenig Unterricht." Alice ließ von den Tasten ab und sah James an, der sein wachsendes Interesse zeigte, indem er das Buch zur Seite legte.

„Ich kann zwar keine Noten lesen, aber ein paar Stücke kann ich noch auswendig." Sie klopfte auffordernd neben sich auf den breiten Klavierhocker.

„Wenn Ihr möchtet, können wir zusammen spielen."

James verzog das Gesicht und schüttelte den Kopf.

„Musikalität ist nicht meine Stärke."

Alice lachte. „Ihr habt Schwächen? Ich bin überrascht."

Der Junge sah sie böse an, woraufhin sie das Lachen einstellte. Ein Grinsen konnte sie sich jedoch nicht verkneifen.

„Na los, es ist gar nicht schwer. Mit Eurer Auffassungsgabe habt Ihr den Bogen sicher schnell heraus."

James zögerte noch einen Moment, bevor er von seinem Sessel rutschte und sich vorsichtig dem Flügel näherte.

„Er beißt nicht, keine Sorge." Erneut klopfte sie neben sich.

Dieses Mal kam er der Aufforderung nach. Unschlüssig betrachtete er die Tasten vor sich.

„Legt Eure Hand so hin." Sie drückte drei weiße Klaviertasten hinunter. Ein harmonischer Klang entsprang dem Instrument.

„Das ist ein Dreiklang. Ihr spielt die Begleitung. Diese besteht aus drei verschiedenen Dreiklängen. Für den zweiten legt Ihr Eure Finger hier hin, für den dritten hier." Sie spielte zwei weitere Akkorde.

„Und jetzt Ihr."

Konzentriert starrte James auf seine Finger, während er es ihr nachtat.

Auch Alice blickte gebannt auf seine Hände. Unwillkürlich musste sie dabei an Henrys Hände denken. Seine Hände, welche die ihren hielten. Sein Arm, der sie sicher umschloss …

Alice kniff die Augen zusammen und verbannte Henry aus ihrem Kopf. Es lief gerade so gut mit James, wieso sollte sie sich nun wegen des jungen Mannes unglücklich machen?

Erfreut stellte sie fest, wie ein Lächeln James' Gesicht erhellte, als es ihm gelang, die Dreiklänge nachzuspielen. Triumphierend blickte er zu ihr auf.

„Sehr gut!", lobte Alice, „Jetzt immer einen Ton nach dem anderen, dann machen wir ein Lied daraus. Ich spiele die Melodie und Ihr begleitet mich. Ihr beginnt mit dem ersten Dreiklang. Sobald ich Euch ein Zeichen gebe, wechselt Ihr zum nächsten, in Ordnung?"

James nickte und schaute so ernst drein, als ginge es um ein Konzert vor riesigem Publikum.

„Also, los!"

Alice begann, langsam zu spielen, um James das Wechseln der Griffe zu erleichtern. Es funktionierte ohne Probleme und je länger das Lied andauerte, umso sicherer wurde er. Bereits nach wenigen Takten schaffte er es, sie grinsend anzusehen, ohne durcheinander zu kommen.

Als die Melodie verklang und beide die Hände von den Tasten nahmen, trafen sich ihre Blicke. Beide strahlten und in Alice machte sich ein Gefühl breit, das sie in Bezug auf James noch nie gehabt hatte: Glück.

Gerade als sie etwas sagen wollte, zuckte sie vom Geräusch einer zufallenden Tür zusammen, das vom Personaltrakt kam.

***

Schon in seiner Kindheit hatte Henry gerne die engen, verwinkelten Gänge und Treppen des Personals genutzt, um von einem Ort im Haus zum nächsten zu kommen. Gerade stieg er eine steile Treppe hinab, die am Salon vorbei in den Garten führte. Er brauchte dringend frische Luft.

Nur noch zwei Tage, dachte er immer und immer wieder, doch seine Nerven waren angespannter als je zuvor.

Richard und er hatten heute die ersten Experimente mit Gegenständen gemacht und sich auch an einer

Maus versucht. Alles war reibungslos vonstattengegangen. Bald würde er wieder zuhause sein …

Henry ballte die Hände zu Fäusten. Ein Dienstmädchen kam ihm entgegen und starrte ihn verwirrt an. Er drängte sich an ihm vorbei und sprach kein Wort.

In was für eine Zeit würde er zurückkehren? Wer würde er sein? Würde er sich noch an sein Leben vor der Zeitreise erinnern? Tausende Fragen beschäftigten ihn und machten ihn mürbe. Die ständige Anspannung zerrte an seinen Nerven.

Am Fußende der Treppe angekommen, hörte er leise Klaviertöne aus dem Salon.

Irritiert blieb er stehen und lauschte. Wer konnte da spielen? Der Flügel war noch nie mehr als ein Dekorationsobjekt gewesen. Zumindest kannte er niemanden, der je darauf gespielt hätte.

Leise drückte er die in der Wandvertäfelung verborgene Tür einen Spalt breit auf und lauschte angestrengt.

Es war Alices Stimme, die sprach. Es hörte sich so an, als würde sie jemandem Anweisungen geben. Er öffnete die Tür ein kleines Stück weiter. Neben der Gouvernante saß James und hörte konzentriert zu. Es folgten ein paar Probeläufe, dann fingen sie gemeinsam an, ein Stück zu spielen. Henry durchfuhr ein Schauer. Er erkannte das Lied. Es handelte sich um ein bekanntes Volkslied, doch nie zuvor hatte ihn das Stück so bewegt. Gedanken an die letzten Tage schwirrten ihm durch den Kopf. Die Enttäuschung seines Vaters darüber, wie er sich entwickelt hatte, die Erkenntnis, aus welchen Verhältnissen seine Mutter stammte, Elisabeths Zugeständnisse, Alice und ihre Familie mit ihren Sorgen … Alice, die es schaffte, trotz der ganzen Situation so geduldig und freundlich zu dem Jungen zu sein, der er gewesen war.

Der letzte Ton verklang und der Ausdruck auf James' Gesicht – ein seliges Lächeln – tat sein Übriges.

Schnell ging er zur gegenüberliegenden Tür, die hinaus in den Garten führte. Sie schlug geräuschvoll hinter ihm zu. Es kümmerte ihn nicht. Die Gedanken in seinem Kopf ließen ihn wie benebelt durch den Garten laufen, immer schneller und schneller.

Er hatte sich manipulieren lassen, all die Jahre! Das wäre halb so schlimm, wenn er nicht die ganze Zeit in der Überzeugung gelebt hätte, selbst ein Meister der Manipulation zu sein.

Warum war er so, wie er war?

Ohne recht zu wissen, was er tat, hob er einen Ast vom Boden und hieb damit auf den nächsten Baum ein. Wie hatte er das nicht bemerken können? Wie konnte er nur derart blind sein? Blind vor Selbstüberschätzung und Begehren.

Sein halbes Leben bestand aus Lügen!

Er schlug mittlerweile so unkontrolliert um sich, dass der Ast zurück in sein Gesicht schnalzte und eine blutige Spur hinterließ. In seinem Rausch spürte er den

Schmerz nicht. Wut und Verzweiflung steigerten sich nur noch weiter.

Wessen konnte er sich noch sicher sein?

Alle Gefühle, die sich über die Zeit in ihm angestaut hatten, brachen nun hervor. Jedes einzelne drängte nach vorn, zeigte sich von seiner scheußlichsten Seite und wurde von einer noch stärkeren Emotion überrollt. Der Ast in seiner Hand war bereits abgebrochen, als er die krampfhafte Umklammerung löste. Nun begann er mit den blanken Fäusten auf den Baum, der zum Ziel seines Ausbruchs geworden war, einzuprügeln. Er erschrak, als plötzlich ein langer, verzweifelter Schrei die abendliche Ruhe zerriss, bis er begriff, dass dieser aus seiner eigenen Kehle gedrungen war.

„Wer bin ich? Wer bin ich?"

Er nahm die Welt um sich herum so verzerrt wahr, dass er nicht einmal mehr sagen konnte, ob er diese Worte schrie oder nur dachte.

Blut lief an seinen Händen hinab, warm und klebrig.

Ja, wer war er? Was blieb noch von ihm übrig, wenn man Elisabeths Einfluss außen vor ließ?

Einen Moment lang hielt er inne und starrte auf die Rinde des Baumes. Rote Spuren zeichneten sich darauf ab. Wie betäubt blickte er auf seine Knöchel, als er plötzlich eine Hand auf seiner Schulter spürte. Perplex drehte er sich um und erkannte seine Mutter, die ihn sorgenvoll ansah. Wortlos nahm sie ihn in den Arm und drückte ihn fest an sich. Ohne die Situation vollständig zu erfassen, erwiderte er die Umarmung und vergrub sein Gesicht an ihrem Hals. Tränen rannen ihm über die Wangen und langsam begann er das Pochen in seinen Fingerknöcheln wahrzunehmen. Ein Schluchzen entfuhr seiner Kehle. Nie, seit er das Säuglingsalter überschritten hatte, war er vor seiner Mutter in Tränen ausgebrochen. Doch von seinem Stolz war nichts mehr übrig. Die kalte, unnachgiebige Fassade, die er sich über Jahre hinweg aufgebaut hatte, war zerbröckelt. Er fühlte sich furchtbar und doch geborgen, wie er hier in den Armen seiner Mutter lag.

Mary strich ihm sanft über die schwarzen Haare und murmelte zärtliche Worte.

„Es wird schon alles gut werden."

So verklärt und naiv dieser Satz auch immer klang, in diesem Moment glaubte er ihr.

Keine halbe Stunde später lag Henry in einer Wanne heißen Wassers. Der Duft von Lavendel umfing ihn und ließ ihn müde werden. Seine Hände waren verbunden und hingen rechts und links aus der Wanne heraus. Sie schmerzten nur noch unterschwellig. Eine Tasse Tee stand neben ihm auf einem Beistelltischchen.

Während sich seine Muskeln langsam entspannten, schloss er erschöpft die Augen. Das warme Wasser tat ihm gut – besser, als es ein Zauber je gekonnt hätte.

Unwillkürlich tauchte Alice vor seinem geistigen Auge auf. Vermutlich war es der Lavendelduft, der ihn an sie erinnerte.

Wieso war er eigentlich während des Schlittschuhlaufens zu ihr gegangen, und das gerade nachdem Elisabeth ihm von den Gefühlen der jungen Frau erzählt hatte?

Henry öffnete die Augen und sah zur vertäfelten Decke hinauf.

Elisabeths Enthüllung hatte ihn mehr getroffen, als er zugeben wollte. Wie ein Schlag in die Magengrube. Erneut machte sich ein flaues Gefühl in seinem Brustkorb breit.

Er griff nach der dampfenden Tasse neben sich und nahm einen großen Schluck.

In diesem verletzlichen Moment hatte sich Alices Nähe einfach gut angefühlt. Alice, deren Leben so alles andere als perfekt war – ähnlich dem, wie sich sein eigenes gerade anfühlte. Alice, mit ihrem tapferen Lächeln, mit dem sie stets versuchte, ihre Verletzlichkeit zu überspielen.

Sie trug durch ihre Familie eine solche Last mit sich, viel größer als seine eigene und doch schaffte sie es, sich so aufopfernd um sein jüngeres Ich zu kümmern. Um einen Jungen, der in Überfluss lebte und dies nicht einmal zu schätzen wusste.

Henry ließ gedankenverloren seine Zehen im Wasser kreisen.

Wer kümmerte sich um Alice, wenn sie nicht mehr konnte? Wer nahm sie in den Arm und ließ ihr ein Bad ein?

Er seufzte tief. Darüber wollte er sich gerade keinen Kopf machen. Nicht jetzt, wo er endlich das Gefühl hatte, über Elisabeth hinweg zu sein.

Die übersprudelnden Gefühle, die ihn vor kurzem übermannt hatten, waren wie weggeblasen. Eine schwache Spur davon ließ sein Herz noch ein wenig schneller schlagen, doch im Grunde war er nun im Reinen mit sich und der Situation. Im Moment konnte er nichts an ihr ändern. Es mussten sicher Entscheidungen getroffen werden, doch möglicherweise würden sich die meisten davon von allein ergeben. Ein Gespräch mit seinem jüngeren Selbst war längst fällig. Diesem musste klar werden, wie sehr Elisabeth ihn um den Finger gewickelt hatte.

Seine Faszination für sie war endgültig verflogen. Noch nie hatte er sie so klar gesehen wie jetzt. Es ging nicht darum, dass sie ihn nicht liebte, sondern um ihre manipulative Art. Er würde sie später einmal nicht heiraten, das stand fest.

Henry atmete tief durch, schloss die Augen und ließ sich entspannt treiben.

Kapitel 18

Auf der Rinde des Baumes waren immer noch die blutigen Abdrücke seiner Fingerknöchel zu sehen.

Henry stand im dicken Mantel, die verbundenen Händen in den Taschen, vor dem Ahornbaum, den er am vorigen Tag drangsaliert hatte.

Die Ruhe, die ihn am gestrigen Abend ergriffen hatte, hielt noch an – ein Zustand, den er so von sich nicht kannte.

Nicht die Ruhe an sich war ungewöhnlich, sondern die völlige Abwesenheit von Unzufriedenheit. Selbst in der Zukunft hatte er sich immer an etwas gestört, oft an Kleinigkeiten, die es bei genauerer Betrachtung nicht wert gewesen waren, sich über sie zu ärgern. Beispielsweise über das Verhalten seiner Eltern.

Ja, sie waren anders als er, aber trotz ihrer Naivität war im Grunde genommen nichts Falsches an ihnen.

Mary kam ihm in den Sinn.

Seine Mutter, in deren Armen er am Tag zuvor gelegen hatte wie zuletzt als kleiner Junge.

Seine Mutter, die stets zu ihm hielt, egal wer er war und was aus ihm werden würde.

Seine Mutter, die aus einer anderen Welt stammte.

Durch die Geschichte mit Elisabeth hatte er kaum Gelegenheit gehabt, über diesen Umstand nachzudenken.

Noch vor wenigen Tagen hätten die Gedanken daran eine Sinnkrise in ihm ausgelöst. Jetzt dagegen sah er die Situation völlig nüchtern.

Sie war Mary Gremory.

Sie war seine Mutter.

Sie war ein Mensch, ein guter noch dazu.

Es spielte keine Rolle, woher sie kam.

Niemand konnte sich seine Herkunft aussuchen, auch er selbst nicht.

Wer wäre er heute, wenn er bei Margret Collins und deren Mann aufgewachsen wäre?

Vermutlich weniger wie Alice und mehr wie George.

Der Gedanke brachte ihn zum Schmunzeln.

Morgen würde er zurückkehren, zurück in die Zeit in zehn Jahren. Er hatte sich vorgenommen, seine Eltern dort nach Alice zu fragen. Es war ihm immer noch ein Rätsel, warum er sich nicht an sie erinnerte.

Vermutlich war sie in seiner Zeit schon verheiratet, vielleicht hatte sie Kinder.

Ein seltsamer Gedanke. Trotzdem hätte er gerne gewusst, was aus ihr geworden war.

„Guten Morgen, Mr Stewart", erklang plötzlich eine Stimme hinter ihm.

Aus seinen Gedanken gerissen drehte Henry sich um und erblickte Alice, die hinter ihm stand. In ihren Augen spiegelte sich das Blau des Himmels wider. Wie immer hatte sich der Wind erlaubt, einen Teil ihrer Haare aus dem geflochtenen Zopf zu lösen. Neben ihr stand James und starrte etwas säuerlich zu ihm herüber.

Wie waren sie so plötzlich hierhergekommen? Anscheinend war er so in sich versunken gewesen, dass er ihre Schritte überhaupt nicht wahrgenommen hatte.

„Guten Morgen Alice und auch Euch Mr Gremory", entgegnete er freundlich lächelnd.

Alice schien über seiner Reaktion zunächst etwas verwundert, erwiderte sein Lächeln aber schließlich.

„Geht es Euch heute besser?"

„Ich habe zumindest nicht erneut vor, diesen armen Baum zu malträtieren, wenn es das ist, was du meinst. Die Erfahrung hat gezeigt, dass meine Chancen, ihn mit bloßen Händen zu fällen, nicht besonders hoch sind." Henry grinste verschmitzt. „Habt ihr ein bestimmtes Ziel?"

„Nicht direkt. Mrs Gremory hat uns aufgetragen, wenigstens eine Stunde täglich das Haus zu verlassen. Wir wollten als nächstes in den Rosengarten gehen, nicht wahr?"

Alice sah zögernd zu James, als würde sie befürchten, er könne ihr widersprechen. Dieser wirkte unbeteiligt und blickte nun, offensichtlich gelangweilt, zu Boden.

„Wäre es in Ordnung, wenn ich euch Gesellschaft leistete?"

„Natürlich wäre es das", antwortete Alice sofort, „Also, wenn Master James nichts dagegen hat."

James erwiderte nichts, eine Reaktion, die als Zustimmung gedeutet wurde.

Der Rosengarten war direkt von der Terrasse des Herrenhauses zu erreichen und führte somit wieder dorthin zurück. Richard hatte ihn noch vor James´ Geburt für Mary angelegt oder besser: Er hatte ihn „magisch behandelt": Die Rosen dort blühten, dank idealer Bedingungen, das ganze Jahr über. Entsprechend viel wärmer war es in diesem Bereich des Gartens auch zu dieser Jahreszeit. Ein komplizierter, verschachtelter Zauber war für dieses Phänomen nötig, der aber nach langjähriger Feinjustierung mit nur geringer Anstrengung aufrechterhalten werden konnte.

Zunächst schlenderten sie still nebeneinander her.

James trödelte vor ihnen herum und tat, als fände er mal den Boden, mal den Himmel äußerst interessant.

Henry musste grinsen, als er daran dachte, wie Mrs Channing reagieren würde, wenn sie wüsste, dass sie hier ohne Anstandsdame durch den Garten spazierten. James würde sie wohl kaum als Ersatz gelten lassen.

Die Vögel, welche den Winter über hierblieben, hüpften neben ihnen von Baum zu Baum und zwitscherten fröhlich. Der blaue Himmel über ihnen war kaum von Wolken durchzogen und eine beinahe weiße Sonne schien hell, doch wenig wärmend auf sie herab.

Henry störte die Kälte nicht besonders. Der Wärmezauber begleitete ihn ab Oktober beinahe ständig, wenn er nach draußen ging. Bald fiel ihm jedoch auf, dass Alice lediglich ein dünnes Mäntelchen trug. Immer wieder rieb sie ihre Hände aneinander.

Als sie bemerkte, wie er sie dabei beobachtete, ließ sie diese schnell wieder sinken.

„Ist dir kalt?", fragte er unnötigerweise.

„Es geht schon", erwiderte sie lächelnd, „Es ist ja nicht mehr weit."

„Du kannst meinen Mantel haben, wenn du möchtest." Er begann bereits ihn abzulegen, während er sprach.

„Oh nein, schon gut", wehrte Alice ab, „Es ist wirklich nicht so schlimm."

„Ich brauche ihn nicht wirklich und trage ihn vor allem, damit Mrs. Gremory sich keine Sorgen macht", beschwichtigte Henry sie und legte ihn ihr um, ohne auf ihren Protest einzugehen.

***

Obwohl ihre Lippen beinahe farblos vor Kälte waren, färbten sich Alices Wangen rot.

Henrys Mantel war verblüffend warm und hatte einen ähnlichen Effekt auf sie wie seine Berührung während des Schlittschuhlaufens.

„Danke", hauchte sie leise und hasste sich dafür, dass dieser Mann eine solche Wirkung auf sie hatte.

Zumindest schien es ihm wirklich besser zu gehen.

Sein Verhalten am Vortag hatte sie erschreckt und besorgt zugleich, heute jedoch wirkte Henry wie ausgewechselt.

Er lächelte beruhigend.

„Besser, nicht wahr?"

Alice nickte nur und schwieg, während sie ihren Weg fortsetzten. James war derweil bereits weitergelaufen und war schon fast an dem Heckenbogen, welcher den Eingang des Rosengartens markierte.

„Worüber habt Ihr vorhin nachgedacht?", fragte sie, als sie genügend Mut gesammelt hatte, „Als Ihr vor dem Baum standet, meine ich."

Henry zögerte einen Moment mit seiner Antwort: „Ich dachte über alles Mögliche nach. Unter anderem über Mrs. Gremory."

Er überlegte einen Augenblick lang. „Wusstest du, dass sie und deine Mutter miteinander bekannt sind?"

Alice nickte.

„Ja, sie standen sich früher wohl sehr nahe. Mutter spricht aber nicht viel darüber."

Wieder herrschte einen Moment Stille zwischen den beiden, dann ergriff Henry das Wort.

„Seltsam, wenn man erkennt, dass die eigenen Eltern auch eine Vergangenheit haben, nicht wahr?"

Alice sah ihn verwirrt lächelnd an.

„Ja schon, aber ... die Gremorys sind ja nicht Ihre Eltern."

„Natürlich nicht, aber Mrs Gremory ist eine Verwandte, die mir nahe steht wie eine Mutter."

Henry wirkte ertappt, doch Alice wusste nicht so recht, weshalb und verwarf den Gedanken bald wieder.

„Es ist wirklich schön hier. Mir war das nie wirklich bewusst", bemerkte Henry

Alice beobachtete ihn, während er seinen Blick über Haus und Garten schweifen ließ.

„Das ist es wirklich!", bestätigte sie und lächelte ob seines verträumten Gesichtsausdrucks. „Nicht nur das Anwesen, auch die Stadt und die ganze Umgebung. Es gibt keinen Ort, an dem ich lieber leben würde."

Henry begegnete ihrem Blick.

„Und wenn ein gut aussehender, reicher Mann aus London kommt und um dich wirbt? Würdest du dann nicht mit ihm gehen?" Er schmunzelte herausfordernd.

Die Gouvernante überlegte einen Moment.

„Das würde mir natürlich ermöglichen, meine Familie zu unterstützen, aber wenn ich es mir aussuchen könnte, bliebe ich trotzdem lieber hier." Sie zuckte mit den Schultern. „Ich war noch nirgendwo anders. Hier kenne ich mich aus, ich kenne die Menschen und weiß, wo ich hingehöre." Ihr entfuhr ein Seufzen. „Alle träumen vom aufregenden Leben in der großen Stadt, da klingt das ziemlich reizlos, nicht wahr?"

„Nein … nein, ich finde nicht, dass es reizlos klingt", erwiderte Henry, „Wirklich nicht."

Sie waren nun am Bogen angekommen, hinter dem James sich bereits seines Mantels entledigt hatte und unschlüssig dastand.

Angenehme Wärme erwartete sie, als sie die magische Barriere durchschritten. Es war, als hätte die Sonne innerhalb weniger Sekunden ihre Intensität um ein Vielfaches verstärkt.

„Können wir jetzt wieder nach drinnen gehen?", fragte James mit nörgelnder Stimme.

„Tut mir leid", entschuldigte sich Alice, während sie Henrys Mantel von ihren Schultern nahm, „aber das war noch nicht einmal die Hälfte der Zeit. Eure Mutter wird das sicher nicht gut heißen."

Der Junge gab einen Laut des Unmuts von sich und trat ein paar Steine in die Sträucher, die über und über voll mit Rosen hingen.

„Die Zeit vergeht schneller, wenn man sich beschäftigt", bemerkte Alice vorsichtig, was ihr ein Augenrollen einbrachte.

„Ich kann auch hier lesen, das wäre eine Beschäftigung, und ich wäre an der frischen Luft!"

Auf einmal schaltete sich Henry in das Gespräch ein.

„Magie besteht nicht nur darin, verstaubte Bücher zu lesen, sondern auch darin, sie anzuwenden. Wir sind hier umgeben von so vielen Dingen, an denen sie Verwendung finden kann. Wenn Ihr ein wirklich guter Zauberer werden möchtet, solltet Ihr diese Chance nutzen."

Alice drehte sich verwundert zu Henry um, während James ihn einfach nur unverhohlen anstarrte, sich dann umdrehte und zwischen den Hecken verschwand.

Wie schon auf dem Eis, hatten Henrys Worte ihr Ziel nicht verfehlt.

„Setzen wir uns?", fragte er an Alice gewandt und wies auf eine Bank in der Nähe.

„Ja, gern!"

Nun waren sie vollkommen allein – ein Umstand, der dem Mädchen seltsam falsch vorkam und doch freute Alice sich darüber. Auf dem Rückweg zum Fest waren sie schon einmal unbeobachtet gewesen, doch die Umstände waren nun andere.

Sorgsam achtete sie darauf, ihm nicht zu nahe zu kommen, als sie sich setzten. Den Mantel legte sie zwischen Henry und sich.

„Habt Ihr vor, für immer hierzubleiben?", fragte Alice beiläufig, während sie ihr Kleid zurechtrückte.

Sie spürte, wie Henry sie beobachtete. Er wandte seinen Blick nicht ab, als sie zu ihm aufsah. Es lag etwas in seinen Augen, das sie nicht deuten konnte, dann seufzte er leise.

„Ich werde morgen abreisen."

„Oh", Alice versuchte, ihre Enttäuschung zu verbergen. Ihre Hand griff nach dem Zopf, der ihr über die Schulter gefallen war. „Dann werdet Ihr Lissy vor Eurer Abreise gar nicht mehr sehen."

Kaum gesagt, bereute sie ihre Worte schon wieder. Einmal, wenn Elisabeth nicht bei ihnen war, musste sie das Gespräch auf sie lenken. Verlegen biss sie sich auf die Unterlippe.

„Lissy?" Henry klang überrascht. „Warum sollte ich sie noch einmal sehen wollen?"

„Ich dachte nur ..." Am liebsten hätte Alice sich irgendwo verkrochen. Er hielt sie nun sicher für noch seltsamer als ohnehin schon.

Henry lächelte sanft.

„Ich weiß, sie hat eine besondere Wirkung auf Männer und ja, ich muss zugeben, dass auch ich dieser zunächst erlegen war."

Er klang beinahe entschuldigend. Alice löste langsam ihre Finger, die sich fest um ihre Haare verkrampft hatten.

„Miss Williams ist ..." Er schien nach den richtigen Worten zu suchen. „Sie ist berechnend. Sie weiß um ihre Wirkung und nutzt sie, um zu bekommen, was sie will. Als ich das endlich verstanden hatte, war die Faszination, die von ihr ausging, schnell verflogen."

Alice sah ihn verblüfft an.

Er hatte Elisabeth tatsächlich durchschaut!

„Wobei ich zugeben muss, dass du mir einen kleinen Anstoß gegeben hast ..." Er grinste und fuhr sich durch die dunklen Haare.

„Ich?" Alices Verwirrung nahm noch zu.

Henry kam nicht dazu, ihr zu antworten. Jenseits der Hecke, hinter der James verschwunden war, wurde ein Zischen laut.

Die Gouvernante sprang sofort auf.

„Was …?"

Sie lief in die Richtung, aus der das Geräusch gekommen war. Henry folgte ihr auf dem Fuß.

Wieder ein Zischen und noch eines. Dann riss es gar nicht mehr ab.

Kaum waren sie um die nächste Ecke gebogen, sahen sie James, der inmitten von Rosenbüschen stand und eine Blüte nach der anderen verwelken ließ. Eben noch rote Rosen, ließen sie nun ihre Köpfe hängen und wurden braun. Süßlich-modernder Gestank lag in der Luft. Der Boden war bereits übersät mit matschigen Blütenblättern, die ihrer Energie beraubt worden waren.

„Oh, nein!" Alice ging in die Hocke und griff sofort nach James' Armen und hielt ihn fest.

„Was tut Ihr denn da?"

Der Junge sah sie unschuldig an.

„Ich sollte doch an den mich umgebenden Dingen Magie anwenden." Sein Blick fiel über Alices Schulter hinweg auf Henry.

Die Gouvernante ließ ihn los und richtete sich wieder auf.

„Ich hätte Euch nicht allein lassen dürfen …", murmelte sie, während sie fassungslos die Bescherung begutachtete.

***

Diesen Jungen konnte man aber auch keine Sekunde aus den Augen lassen!

Einen Moment lang vergaß Henry beinahe, dass es sich bei diesem Jungen um ihn selbst handelte.

Natürlich, er kannte sich. James wollte nicht im Garten bleiben und zu allem Überfluss bekam er dann noch nicht einmal die gesamte Aufmerksamkeit. Also tat er genau das, was er am besten konnte, in der Gewissheit, dass Alice den Ärger dafür bekommen würde.

„Keine Sorge, das bekomme ich schon wieder hin." Beruhigend legte er eine Hand auf ihre Schulter.

James zog die Augenbrauen nach oben.

„Ach, ja?"

Henry blickte überlegen zu seinem jüngeren Ich hinab. James würde seinen Meister schon noch kennenlernen!

Theoretisch war es nicht möglich, etwas wieder lebendig zu machen, aber wie der Zufall wollte, hatte er die letzten drei Wochen damit zugebracht, mit Zeitreisen zu experimentieren. Erst vor zwei Tagen hatten Richard und er mit Äpfeln gearbeitet. Sie hatten sie aufgeschnitten und dann den Apfel einige Minuten in der Zeit zurückversetzt, woraufhin sich dieser wieder zusammengesetzt hatte.

Henry wusste aus eigener Erfahrung, dass man mit der Zeit nicht herumspielen sollte, aber in diesem Moment konnte er dem Drang nicht widerstehen.

Er hielt seine Hände über eine der Blüten und flüsterte ein paar Worte. Augenblicklich erhoben sich die Rosenblätter vom Boden und die Rose erstrahlte blühend und rot wie zuvor.

Er tat dies mit jeder der verzauberten Rosen.

James sah aus, als könne er das Spektakel nicht fassen, das sich vor seinen Augen abspielte. Henry konnte erahnen, was sich gerade in dessen Kopf abspielte, wie er jeden erdenklichen Zauber durchging um hinter seinen Trick zu kommen.

„Das ist unglaublich!", rief Alice, und zu Henrys Freude lachte sie wieder. „Ihr könnt ja Wunder vollbringen, Mr Stewart!"

„Ist die Stunde jetzt um? Gehen wir jetzt nach drinnen?" James' Reaktion war nicht ganz wie gewünscht, aber Henry hatte nichts anderes erwartet. Dass Alice ihn so anstrahlen würde, war ihm allerdings nicht klar gewesen. Es sorgte dafür, dass er mehr Freude empfand, als der bloße Triumph über sein kindliches Ich ihm verschafft hätte.

Kapitel 19

Ein Tag war vergangen, seitdem Alice im Garten auf Mr Stewart getroffen war.

Sie war ihm dort von einer völlig anderen Seite begegnet. Was war geschehen, dass er eine solche Wandlung vollzogen hatte? Es musste etwas mit seinem Zusammenbruch zu tun haben.

Sie freute sich, dass es ihm besser ging, doch was hatte ihn überhaupt an diesen Punkt gebracht?

Die Sehnsucht, die Alice empfand, wenn sie an ihn dachte, ärgerte sie und machte ihr schmerzhaft bewusst, dass sie den Gast ihres Herren mehr mochte, als es gut für sie war. Ihre Gedanken kreisten auch heute wieder darum, was ihn so aufgewühlt hatte, dass er im Garten auf Bäume eingedroschen und sich die Seele aus dem Leib geschrien hatte.

Sie sollte nicht zu viel über ihn nachdenken.

Heute Abend würde er abreisen, was hatte es also für einen Sinn? Und doch musste sie feststellen, dass er wohl einen Teil ihres Herzens mit sich nehmen würde.

Sie und James betraten eben den Salon. Alices Blick wanderte aus dem Fenster.

Gerade zogen dunkle Wolken am Himmel auf und ließen den bisher freundlichen Nachmittag wie düsteren Abend wirken.

„Wie wäre es mit einer Partie Schach?", fragte Alice, mehr um sich selbst abzulenken, als ihn zu beschäftigen. James' Laune hatte sich nach seiner Niederlage am vorigen Tag wieder leicht gebessert.

„Ja, warum nicht."

Sie wollten gerade zum Schachbrett, als James innehielt.

„Die Schachtel mit den Figuren ist noch in meinem Zimmer!"

„Soll ich sie holen?", bot Alice an, doch der Junge schüttelte energisch den Kopf.

„Ich gehe selbst hinauf."

Flink schlüpfte er aus der Tür in Richtung Obergeschoss.

Alice wusste genau, warum sie nicht allein nach oben gehen sollte. Er wollte nicht, dass sie sein Geheimversteck fand. Ein zweckloses Unterfangen, denn sie hatte die lose Platte unter seinem Schreibtisch längst entdeckt, in der er Bücher, Süßigkeiten aller Art und ein Kissen untergebracht hatte. Sie befand sich im rechten Teil des Sekretärs. Man musste zwischen die mit Fächern ausgestatteten Beine kriechen und die Holzverkleidung links entfernen. Ein Versteck, gerade groß genug für einen Jungen seines Alters.

Alice wurde in ihrem Denken unterbrochen, als es an der Tür läutete. Neugierig spitzte sie die Ohren. Eines der Hausmädchen öffnete und eine klare Frauenstimme wurde laut. Sie verstand nicht genau, worum es ging, doch wenige Worte später wurde die Tür zum Salon aufgetan und Elisabeth trat herein.

„Lissy?", fragte Alice so überrascht, dass sie ganz vergaß in welcher Stellung sie hier war.

Elisabeth sah sich um – vermutlich suchte sie James – und zog die Augenbrauen nach oben.

„Lissy? Für dich immer noch Miss Williams!"

Alice seufzte leise und konnte sich auch ein Augenrollen nicht verkneifen.

„Entschuldigt, Miss Williams."

Die Gesichtszüge ihres Gegenübers versteinerten.

„Falle ich dir etwa auf die Nerven?" In ihrer Stimme schwang etwas Drohendes.

Ja, das tat sie tatsächlich Was wollte sie denn hier? War sie nicht erst vor zwei Tagen abgereist?

„Nein, natürlich nicht!", erwiderte sie, jedoch mit derart übertriebener Betonung, dass klar wurde, wie ernst ihr diese Worte wirklich waren.

Elisabeths Lippen, sonst voll und rot, wurden zu einem dünnen, weißen Strich.

„Mal sehen, wie lange du dich noch amüsierst. Ich frage mich wirklich, wie Mrs Gremory darauf kam, jemanden wie dich einzustellen. Man merkt dir deine Herkunft eben doch an!"

„Das Kompliment gebe ich gerne zurück." James Abwesenheit ließ Alice mutig werden. Außerdem strengte sie das Gefühlschaos bezüglich Mr Stewart genug an, als dass sie noch die Geduld gehabt hätte, Elisabeths Sticheleien über sich ergehen zu lassen. Heute würde sie sich nicht von ihr herumschubsen lassen.

Elisabeths Augen weiteten sich vor Überraschung.

„Na so etwas, da zeigt wohl jemand sein wahres Gesicht?"

„Die Fratze hinter deiner Fassade kenne ich ja schon." Alice reckte angriffslustig das Kinn nach vorne. Auf Höflichkeitsformen achtete sie nun nicht mehr. Sie versuchte, ruhig zu wirken, doch ihr Herz klopfte wie verrückt. Wie oft hatte sie sich eine Situation wie diese vorgestellt? In ihren Gedanken war sie selbst stets ruhig und gelassen geblieben. Jetzt, wo sie sich wahrhaftig gegenüberstanden, waren ihre Nerven zum Zerreißen gespannt.

„Was fällt dir dummen Göre ein, so mit mir zu sprechen?" Elisabeths Wangen waren rot vor Zorn und ihre Nasenflügel bebten. In diesem Zustand gab es kaum etwas Schönes an ihr zu finden, dachte Alice.

„Vergiss nicht, wer ... was du bist! Dich und deine Familie, wer würde euch schon vermissen? Niemand fragt nach der Gouvernante aus der Gosse, schon gar nicht dein Freund Henry Stewart, in den du so unsterblich verliebt bist!"

Auch Alices Gesicht verfärbte sich purpurrot. Wie konnte sie davon wissen?

„Bist du so verbittert, George nicht haben zu können, dass du beschlossen hast, mich dafür zu hassen?" Ihre Stimme zitterte leicht. Vor Wut und Frust wäre sie am liebsten in Tränen ausgebrochen.

Elisabeth schien zu spüren, dass sie die Oberhand gewann. Triumphierend lächelnd verschränkte sie die Arme.

„Als ob ich je ernsthaft an ihm interessiert gewesen wäre! Du und dein Bruder neigen dazu, euch Dinge einzubilden. Der Neid steigt dir zu Kopf! Gib doch zu, dass du krank vor Eifersucht auf mich bist!"

„Neidisch? Auf dich? Ich bin mir wenigstens treu geblieben. Auf der Suche nach einem standesgemäßen Ehemann hast du dich doch schon längst selbst verloren!" Alice spürte, wie sie langsam wieder ruhiger wurde. „Wann hast du das letzte Mal gelacht, weil du dich gefreut hast und nicht, weil du jemanden damit um den Finger wickeln wolltest? Wann hast du zuletzt in den Spiegel gesehen, ohne dir darüber den Kopf zu zerbrechen, was die anderen über dein Aussehen denken? Wo ist die Elisabeth hin, der die Meinung anderer egal war? Die in die schlammigsten Pfützen gesprungen ist, um dann erhobenen Hauptes ihrer Mutter entgegen zu treten?"

Erstaunlicherweise schien Alice gerade mit diesen Worten einen wunden Punkt getroffen zu haben. Sie konnte deutlich sehen, wie Elisabeths Hände zitterten, doch ihr Gesicht wirkte wie versteinert. Alle Überheblichkeit war daraus gewichen.

„Du weißt nichts über mich!"

Alice war überrascht, als sich Elisabeth der Tür zur Eingangshalle zuwandte und sich ihr in großen Schritten näherte. Mit einer Hand am Türknauf drehte sie sich noch einmal um.

„Sag James, er kann sich bei dir bedanken. So lange du hier bist, werde ich dieses Haus nicht mehr betreten!"

Die Tür krachte hinter ihr ins Schloss und Alice blieb mit klopfendem Herzen zurück. Ein Geräusch hinter ihrem Rücken ließ sie zusammenfahren.

Ihre Augen weiteten sich erschrocken, als sie James hinter sich bemerkte. Die Wandvertäfelung neben ihm war noch geöffnet.

Er hatte die Dienstbotengänge genommen.

Seine Haut war noch blasser als sonst und er blickte sie mit einer Mischung aus Unglaube und Vorwurf an.

Was hatte er alles mitangehört? Ihre letzten Worte mit Sicherheit …

Sie zwang sich zu einem Lächeln.

„Da seid Ihr ja. Habt Ihr die Figuren?"

***

Henry saß im Arbeitszimmer seines Vaters und überprüfte ein letztes Mal ihre Berechnungen. In wenigen Stunden war es so weit, er würde in eine ungewisse Zeit zurückkehren. Erstaunlicherweise machte ihm das seit seinem Zusammenbruch nichts mehr aus. Er ließ es auf sich zukommen. Etwas anderes blieb ihm auch kaum übrig.

Als er alles durchgegangen war, lehnte er sich zufrieden zurück. Mit Blick auf seinen Vater, der ihm gegenüber saß und den genauen Zeitpunkt für den Zauber errechnete, musste er lächeln. Es war eine merkwürdige Zeit gewesen. Er war als Zehnjähriger bereits hier gewesen, doch die Begegnungen und Erfahrungen, die er in seinem jetzigen Alter gemacht hatte, unterschieden sich grundlegend von den damaligen. Er musste zugeben, dass er einiges gelernt hatte.

Seufzend stand er auf und vertrat sich die Beine. Richard sah kurz auf und vertiefte sich gleich darauf wieder in die Arbeit. Als Henry am Fenster vorbeikam, bemerkte er Alice und James unten im Garten, nahe des Sees. Einen Moment lang beobachtete er, wie die beiden durch den Park liefen.

„So, nun müsste alles korrekt ablaufen." Sein Vater schob das Notizbuch zur Seite. „Noch knapp vier Stunden, bevor du uns verlässt."

Er erhob sich ebenfalls und gesellte sich zu seinem Sohn.

„Ich muss mich bedanken", bemerkte Henry, nachdem sie beide eine Weile nach draußen geblickt hatten. „Ohne Euch hätte ich es niemals geschafft!"

Richard legte seine Hand auf Henrys Schulter und lächelte.

„Ich bin ja auch nicht ganz unschuldig an der Situation."

Henry verzog gequält das Gesicht. „Nun ja, ich muss ja zugeben, dass es keine gute Idee war, telepathischen Kontakt zu Euch aufzunehmen, während …"

Sein Vater winkte ab. „Einigen wir uns darauf, dass wir beide von dieser Begegnung profitiert haben."

Henry nickte dankbar. Es fiel ihm trotz allem nicht leicht, sich zu öffnen. Gedankenverloren fixierte er Alice, die mit James am See stand.

Irgendetwas an dieser Situation ließ ihn erschaudern. Irritiert schüttelte er den Kopf, doch das Gefühl verschwand nicht, es verstärkte sich sogar noch.

Seine Kehle wurde trocken und Übelkeit breitete sich in ihm aus.

Was zur Hölle war auf einmal mit ihm los?

Dann überkamen ihn plötzlich unsagbare Kopfschmerzen. Sie trafen ihn so unvorbereitet, dass seine Knie nachgaben.

„Was ist mit dir?"

Die besorgte Stimme seines Vaters klang wie von fern. Starke Arme griffen nach ihm, um ihn zu halten, doch er nahm sie kaum war. Bilder traten vor sein inneres Auge, Geräusche drangen an sein Ohr. Das Plätschern von Wasser. Der See, orangefarbene Blätter, die auf der Oberfläche trieben. Irgendetwas wühlte das Wasser auf, erzeugte Wellen. Irgendwer …

Alice!

Ein Teil seines Bewusstseins registrierte, dass er sich krampfartig übergab und Richard wild auf ihn einredete, doch er nahm es selbst kaum wahr.

Wut überkam ihn, so überwältigend, dass ihm keine Möglichkeit blieb, ihren Grund zu erforschen. Doch so schnell, wie sie aufgeflammt war, verschwand sie auch wieder und hinterließ eine schmerzhafte Leere. Trauer und Bestürzung trafen ihn wie eine Faust. Tränen rannen seine Wangen hinunter.

Was hatte er bloß getan?

Die Bilder vor seinen Augen wurden klarer. Er lag in einem großen Bett und starrte an die getäfelte Decke. Seine Augen brannten, er fühlte sich unendlich traurig und schwach. Ein Gespräch drang aus einem Nebenraum zu ihm herüber.

„So kann es nicht weitergehen. Er verweigert nun schon seit fast zwei Wochen jegliche Nahrungsaufnahme. Seit dem Unfall …"

Sorge und Verzweiflung schwangen in der Stimme seines Vaters mit.

Er hörte Mary schluchzen. „Glaubst du, es war ein Unfall?"

Stille trat ein, die nur von gelegentlichem Schniefen seiner Mutter unterbrochen wurde.

„Ganz gleich, was es war, wir werden ihn auch noch verlieren, wenn sich nichts ändert." Er klang unglaublich erschöpft, in etwa so, wie Henry sich gerade fühlte.

„Was sollen wir tun?"

„Ich werde es ihn vergessen lassen."

„Du wirst ihn …" Mary stockte. „Du wirst ihn Alice vergessen lassen?"

Richard antwortete nicht, doch Henry vermutete, dass er nickte.

Ein weiterer herzzerreißender Schluchzer war zu vernehmen.

„Mary, ich könnte auch dich verge…"

„Nein, auf keinen Fall! Es ist unsere Schuld, dass sie tot ist, es lag in unserer Verantwortung. Wie könnte ich sie einfach vergessen? Ich werde mit der Zeit lernen müssen, mit dieser Schuld zu leben."

Ihr Weinen klang erstickt. Sicher hielt Richard sie im Arm.

Kurze Zeit später wurden Schritte laut und eine kalte Hand legte sich ihm über Stirn und Augen. Er war zu schwach, um sich zu rühren oder irgendetwas zu sagen. Ein letztes Mal hörte er das Schluchzen seiner Mutter. Ein Stich durchzog sein Herz, dann löste er sich auf, sein Körper wurde leicht, wie von einer schweren Last befreit.

Die Bilder wurden verschwommener. Wie durch Nebel hindurch sah Henry den Teppich vor sich, gesprenkelt mit dem Eintopf, den es zum Lunch gegeben hatte. Richard redete auf ihn ein, doch durch das Rauschen in Henrys Ohren hörte er ihn nicht. Seine Augen tränten noch immer.

Er brauchte eine gefühlte Ewigkeit, um sich zu sammeln und zu begreifen, was gerade geschehen war.

Ein Erinnerungszauber! Registrierte er langsam. Sein zweiter klarer Gedanke kam bereits schneller.

Alice! Er musste sich beeilen.

Strauchelnd und nur mithilfe seines Vaters kam er auf die Beine.

Ein Blick aus dem Fenster reichte ihm, um sich Klarheit zu verschaffen.

„Ich muss …", krächzte er, doch er rannte schon, so schnell es seine wackeligen Beine zuließen, noch bevor er den Satz zu Ende bringen konnte.

Kapitel 20

James hatte kein Schach mehr spielen wollen, er wollte gar nichts wirklich machen. Letztendlich waren sie übereingekommen, eine Runde im Garten spazieren zu gehen, doch auch hier sprach er kein Wort und starrte düster vor sich auf den Boden.

Schließlich stand er bewegungslos am Seeufer und malträtierte wieder einmal das beinahe schwarze Wasser mit seinen Blicken.

Sie hatten ein Holzboot mit nach draußen genommen, das an einer Schnur befestigt war und träge im dunklen See dümpelte.

Alice saß auf der Bank wenige Meter hinter James und überlegte krampfhaft, wie sie die Situation auflockern konnte. Fröstelnd zog sie den dünnen Mantel enger um ihren Körper und zupfte an einer Haarsträhne herum, als der Junge, welcher kurzzeitig am See gekniet hatte, sich zu ihr drehte und ihren Namen rief.

„Alice, komm schnell her!"

Zögernd stand sie auf und musterte prüfend sein Gesicht. Es verriet, dass er nicht so aufgeregt war, wie seine Stimme es ihr glauben machen wollte, dennoch blitzte nichts Bösartiges in seinen Augen. Eine Unschuldsmiene, wie sie im Buche stand. Doch Alice kannte ihn mittlerweile gut genug, um zu wissen, dass das nichts zu sagen haben musste.

„Was ist los?"

Sie ging die paar Meter zum Ufer hinunter.

„Mir ist die Schnur ins Wasser gefallen." James zog eine Grimasse und wies zu dem Boot, dessen Leine auf der Wasseroberfläche schwamm. Sie trieb etwa eine Armlänge vom Ufer entfernt.

„Hol sie mir heraus!", befahl er. Alice seufzte innerlich. Das war nun also die Strafe? Er wollte sie herumkommandieren? Nun, solange es weiter nichts war.

„Gibt es keinen Zauber, mit dem Ihr an das Boot herankommt? Zum Beispiel der Eiszauber, mit dem …", versuchte sie es noch.

„Jetzt hol es schon!" Auf James Stirn wurden Zornesfalten sichtbar, die sogleich wieder verschwanden.

„Bitte, bald ist es zu weit entfernt!", drängte er flehend.

Immer noch zögernd trat Alice ans Wasser und ging in die Knie. Der Boden strahlte eine unangenehme Kälte aus, die sie erschaudern ließ. Sie streckte den rechten Arm so weit es ging, um die Schnur zu erreichen. Es fehlten nur noch wenige Millimeter. Verzweifelt versuchte sie, noch näher heranzukommen, doch so sehr sie sich auch vorwärts reckte, immer fehlte ein winziges Stück.

Schwer atmend ließ sie sich zurücksinken.

„Tut mir leid, ich …"

„Versuch es noch einmal, du warst so nahe dran."

James sah sie flehend an.

Einen Moment lang überlegte sie, einfach aufzustehen und es bleiben zu lassen, doch ihr schlechtes

Gewissen siegte. Erneut streckte sie sich zum Wasser hin aus. Trotz ihres Unbehagens rutschte sie noch ein wenig näher voran.

Gleich würde sie die Leine berühren, jeden Moment ...

Ein kleiner Schrei entfuhr ihr, als sie das Gleichgewicht verlor und mit dem Arm voraus in Wasser fiel.

Tausend eisige Nadelstiche fuhren ihr durch Mark und Bein. Der Schock ließ sie nach Luft schnappen, wodurch eiskaltes Wasser in ihre Lungen drang. Hustend und prustend tauchte sie auf. Die Wellen schwappten bis über ihre Brust, doch sie konnte stehen. So schnell wie möglich versuchte sie, zurück an das Ufer zu gelangen.

„Warte, das Schiff!", rief James.

Alice stockte in ihrer Bewegung. Ihre Zähne klapperten lautstark und sie zitterte am ganzen Leib.

„Aber ..."

„Du bist doch ohnehin schon im Wasser."

Er hatte die Hände auf die Knie gestützt und blickte sie herausfordernd an.

In Ordnung, dachte sie, und schloss für einen Augenblick die Augen. Ich greife es mir und dann nichts wie raus.

Als sie sich jedoch umdrehte, bemerkte sie, dass das Boot durch die von ihr erzeugte Welle ein ganzes Stück weiter getrieben war.

„Komm schon, komm schon", murmelte sie, während sie sich mit ihren Beinen durch den Morast am Seeboden kämpfte. Wolken von Schlamm wirbelten auf und färbten das Wasser um sie herum in dunkles Braun. Ihr Kleid war nun vollends vollgesogen und behinderte sie zusätzlich.

Endlich hatte sie ihr Ziel erreicht, jetzt musste sie nur noch zugreifen. Sie machte noch einen winzigen Schritt nach vorne … und sackte in einen Abgrund.

Erneut erschrak sie, wieder rann Wasser ihre Kehle hinab, doch dieses Mal gab es keinen Grund, auf dem sie hätte stehen können. Panisch schlug sie um sich. In einem Moment durchbrach sie die Wasseroberfläche, hustete, keuchte, schrie nach James, im nächsten Moment befand sie sich wieder unter Wasser. Ihr Kleid zog sie zusätzlich nach unten. Blanke Angst nahm von ihr Besitz. Sie wollte nicht sterben, nicht hier, nicht jetzt, nicht auf diese Weise. Sie strampelte, ruderte wild mit allen Vieren, doch schon nach kurzer Zeit waren Arme und Beine erschöpft und durch die Kälte kaum noch spürbar. Ein kurzer Blick ans rettende Ufer machte ihr klar, wie weit sie inzwischen fortgetrieben war. James wirkte nur noch so groß wie ihre Hand. Einen winzigen Moment vergaß sie ihre Situation, als sie neben ihm eine weitere, größere Gestalt, kommen sah. James? Schoss es ihr durch den Kopf. Nein, es war Henry Stewart, aber wieso hatte sie bei seinem Anblick an James gedacht?

Es war der letzte klare Gedanke den sie fassen konnte. Sie spürte nur noch, wie sie aufgab. Es hatte beinahe etwas Befreiendes, einfach loszulassen. Das Wasser schlug über ihrem Kopf zusammen und hüllte sie in Stille.

Jeden Moment war es so weit, sie würde einatmen müssen.

Bilder ihrer Kindheit zogen an Alices innerem Auge vorbei.

Ihr Vater, in einem seiner nüchternen Momente, wie er ihre Hand nahm und sie im Tanz kreisen ließ. George, der mit ihr im Bett lag und ihr selbst erdachte Abenteuer erzählte, um ihr die Angst vor der Dunkelheit zu nehmen. Mutter, die am Herd stand und sich mit diesem besonderen Lächeln zu ihr umdrehte …

Sie öffnete den Mund und das letzte bisschen Luft aus ihren Lungen stieg als Blase an die Oberfläche.

Kapitel 21

Henry stand am Fenster und starrte auf den See hinaus. Die Dämmerung hatte ein dunkles, unförmiges Loch aus ihm gemacht. Gequält schloss er die Augen und versuchte, die Bilder der letzten Stunde aus seinem Kopf zu bekommen, doch sie ließen sich nicht verbannen. Immer wieder sah er Alice vor sich im Wasser.

Er war so voller Panik gewesen, dass sein Kopf wie leergefegt schien. Kein einziger hilfreicher Zauber war ihm in den Sinn gekommen. Am Ende war er vollständig bekleidet in den See gesprungen. Trotz der Angst um Alice, die ihn antrieb, hatte die Kälte des Wassers ihm zunächst den Atem geraubt. Als er dann nach einer gefühlten Ewigkeit an der Stelle ankam, an der sie wenige Sekunden zuvor untergegangen war, war sie bereits nicht mehr zu sehen.

Die Stille, welche ihn unter der Oberfläche erwartet hatte, war fast greifbar. Verzweifelt hatte er immer wieder ins Leere gegriffen, bis er endlich einen Arm erwischte.

Sie war so kalt gewesen ...

Henry ballte seine Hände zu Fäusten. Erst als er seine Muskeln zwang, sich zu entspannen, spürte er die schmerzhaften Abdrücke, welche die Fingernägel in seiner Handfläche hinterlassen hatten.

Sein Vater hätte ihm die Erinnerung an Alice niemals nehmen dürfen. Diese Schuld, die nun als schwere Last auf seinen Schultern lag, war die mindeste Strafe für ihn.

Die Erleichterung, die er gespürt hatte, als er mit Alice auftauchte und sie keuchend nach Luft schnappte, war kaum zu beschreiben gewesen.

Langsam, als könne eine zu hastige Bewegung die Wirklichkeit durcheinanderwirbeln und Alices Rettung zunichtemachen, drehte er sich zu ihr um. Sie lag wenige Meter von ihm entfernt im Bett eines Gästezimmers. Ihr blasses Gesicht hatte beinahe die Farbe des weißen Lakens angenommen. Die blonden Locken umgaben es wie ein Heiligenschein. Unter ihren Lidern zuckte es.

Wovon sie wohl träumte?

Noch vor Kurzem hatte er ihren zerbrechlich wirkenden Körper in seinen Armen gehalten, hatte sie im kalten Gras sitzend hin- und hergewiegt. Angestellte waren vom Haus herbeigeeilt, ebenso seine Mutter. In diesem Moment war ihm seine Rolle vollends abhandengekommen. Er glaubte sogar, Mary als „Mutter" bezeichnet zu haben, und das vor all den Leuten, einschließlich James. Nun, damit würde er sich später befassen. Wenn noch Zeit war …

Er trug bereits die Kleidung, welche er bei der Zeitreise getragen hatte, den Verlobungsring in der Tasche seiner Weste.

Es kam ihm so abwegig vor, dass er in weniger als einer Stunde fort sein würde. Es war, als wäre dies der Plan eines anderen Henry gewesen. Letztendlich war es das auch: Es gab einen Henry vor dem Vorfall und einen, der er nach diesem verdrängten Mord war.

Alices Brust hob und senkte sich gleichmäßig unter der Bettdecke.

Sie anzusehen bereitete ihm beinahe körperliche Schmerzen. Eine neue Welle der Übelkeit überkam ihn. Schnell wandte er sich wieder dem Fenster zu.

Was hatte er nur getan?

Vor einer halben Stunde war Alices Familie gekommen. Mrs Collins sah noch kränker aus als bei ihrem letzten Zusammentreffen. Ihre großen Augen wanderten wie die eines gehetzten Tieres hin und her. Als sie Mary erblickt hatte, war die Welt für einen Moment erstarrt. Seine Mutter, die ebenfalls abgekämpft und erschöpft aussah, war schließlich auf sie zugegangen und hatte sie in den Arm genommen. Es waren viele Tränen geflossen, doch Henry beschlich das Gefühl, dass sie sich wieder ein kleines Stück nähergekommen waren.

George hatte ihn zunächst angestarrt, als wüsste er nicht, ob er ihn schlagen oder umarmen sollte. Dann hatte er Henry seine Hand entgegengestreckt. Sie war warm und feucht gewesen. Ein gemurmeltes „Danke", mehr hatte er nicht herausbekommen.

Die Demut in seinen Augen …

Dieser Mann, dieser verhasste, reiche Kerl, war der Retter seiner Schwester.

Henry wurde noch schlechter. Er verabscheute sich selbst. Wenn er wenigstens den Mut gehabt hätte, ihnen die Wahrheit zu sagen.

Feigling!

War er wirklich vor wenigen Wochen der Ansicht gewesen, besser zu sein als all die anderen? Er sah klar. Er ließ die Menschen tun, was er wollte. Er hob sich ab durch seine Intelligenz.

Wie dumm er gewesen war. Arrogant, überheblich, eingebildet und kurzsichtig, das war er wirklich. So belesen und doch nicht in der Lage, über den eigenen Tellerrand hinwegzusehen.

Mit jenem James, welcher vor Kurzem hier angekommen war, hatte er nun kaum noch etwas gemein.

Wieder dachte er an Alice. Er wagte es kaum, sich erneut umzudrehen. Nun konnte er es nicht mehr leugnen. Wie sie sich immer wieder in seine Gedanken geschlichen hatte, die Geborgenheit, die er empfand, wenn sie in seiner Nähe war, das Gefühl, als er glaubte, sie verloren zu haben …

Seine Gedanken schweiften zu Richard. Konnte es Absicht gewesen sein, ihn genau in diese Zeit zu versetzen? Steckte ein Plan hinter Alices Rettung? War das heute seine zweite Chance gewesen?

Eine Stunde und 52 Sekunden hatte er ihn zurückschicken wollen. Warum nicht eine Stunde und eine

Minute? Das wäre doch logischer gewesen? Auch eine Stunde allein hätte gereicht. War das nicht ein Hinweis darauf, dass diese zehn Jahre gewollt waren?

Vermutlich würde er es nie erfahren.

Der zukünftige Richard hatte nun keine Ahnung mehr, dass Alice überhaupt jemals gestorben war. Er würde ihn in zehn Jahren nur noch in die Vergangenheit schicken, weil er wusste, dass er es bereits getan haben würde.

„James?"

Alices Stimme riss ihn aus seinen Gedanken.

Als er sich umwandte, waren ihre Augen geöffnet.

Hatte sie ihn gerade James genannt?

„Ich war so dumm, dass ich es nicht schon vorher bemerkt habe." Sie klang etwas heiser, doch ihr Blick war klar. „Als ich Euch beide am Ufer stehen sah …" Sie zupfte nervös an einer Strähne ihres offenen Haares und schloss, für einen Moment unangenehm berührt die Augen. „Ihr seid Euch so ähnlich. Die ganze Art, die Ernsthaftigkeit." Sie presste die Lippen aufeinander. „Wenn ich daran denke, was Ihr alles gesehen und gehört habt … George hat James eine verzogene Göre genannt, und das vor Euch, dabei seid Ihr ja … er."

Man konnte regelrecht sehen, wie es hinter ihrer Stirn arbeitete.

„Es tut …"

„Es tut mir leid!", unterbrach er sie, woraufhin sie ihn verwundert anblickte. „Was ich dir angetan habe …"

„Aber, Ihr habt mich gerettet!"

„Ja, nachdem ich dich fast umgebracht hätte!"

Die Lautstärke, in der er dies sagte, erschreckte ihn selbst. Einige Augenblicke herrschte Stille.

„Was spielt das für eine Rolle?", fragte Alice leise, „Wenn Ihr mich jetzt gerettet habt, gleicht dies doch Eure vorangegangene Tat aus? Ist das nicht mehr wert als der zuvor gefasste Entschluss?"

Henry starrte sie an.

Augenscheinlich hatte sie sich bereits ihre Gedanken gemacht. Sie schien durchaus zu wissen, was seine Absicht an diesem See gewesen war.

Hatte sie recht mit ihrer Bemerkung?

Nein, beschloss er dann, doch er war ihr dennoch dankbar.

„Das ist doch Irrsinn", murmelte er schwach und starrte zu Boden. Er wollte sie nicht sehen lassen, wie angeschlagen er war. Er war ein Mörder, egal was sie sagte oder dachte.

Wieder schwiegen beide, und wieder war Alice diejenige, die als Erste sprach.

„Warum seid Ihr überhaupt hier?" Sie richtete sich im Bett auf. „Also, hier in dieser Zeit."

Henry biss sich auf die Unterlippe.

„Das ist eine lange Geschichte."

Alice lächelte.

„Ich habe heute nicht mehr viel vor."

Er konnte nicht anders, als ihr Lächeln zu erwidern. Vorsichtig, als könne er sie damit verletzen, setzte er sich zu ihr an die Bettkante.

„Es war eigentlich eher ein Unfall. Vater hat einen neuen Zauber ausprobiert, einen Zeitzauber, an meinem zwanzigsten Geburtstag. Der hat mich dann, wie du ja weißt, an James' zehntem Geburtstag in den Keller teleportiert."

„Ein Unfall? Dann war es wohl keine Absicht, dass Ihr hier gelandet seid." Es war eher eine Feststellung als eine Frage.

Henry zuckte unbeholfen mit den Schultern. „Um ehrlich zu sein, bin ich mir dessen nicht mehr sicher."

Schuldbewusst starrte er auf seine Hände, die verkrampft in seinem Schoß lagen.

„So lange war die Geschichte gar nicht", bemerkte Alice und legte den Kopf schief, „Ich hatte schon ein fantastisches Abenteuer erwartet, mit Kämpfen, Kriegern und mindestens einem Drachen."

Sie lachte und als Henry sie ansah, bemerkte er ein schelmisches Glitzern in ihren Augen. Dann riss sie sich zusammen und räusperte sich.

„Verzeiht, ich wollte mich nicht über Euch lustig machen!"

Henrys Mund verzog sich zu einem Grinsen. „Mit einem Drachen kann ich leider nicht aufwarten, aber womöglich könnte ich bei späteren Erwähnungen der Zeitreise einen einbauen."

Sie mussten beide lachen – vermutlich mehr, als es die Bemerkung hergegeben hätte.

Zum ersten Mal sahen sie sich direkt in die Augen. Bis jetzt hatte die blaue Farbe ihrer Iris ihn immer irritiert, nun wusste er, dass es an der verschütteten Erinnerung gelegen hatte. Tiefblau wie das Wasser.

Einen Moment verlor er sich in ihnen.

„Ihr meintet, Ihr würdet uns heute Abend verlassen? Bedeutet das …" Alice biss sich auf die Unterlippe.

Henry nickte.

„Vater und ich haben die ganze Zeit über an einem Rückreisezauber gearbeitet und in nicht einmal mehr einer Stunde werden wir ihn ausführen."

Ein schmerzhafter Stich fuhr ihm so plötzlich durchs Herz, dass er den Blick von ihr abwenden musste.

Er wollte jetzt noch nicht gehen, er hatte ihr noch so viel zu sagen. Die Zeit war einfach zu kurz!

„Es tut mir leid. Ich weiß, dass ich gerade als Kind nicht sehr nett zu dir gewesen bin. Ich war schwirig, … bin es wohl heute noch, und das macht deine Arbeit nicht gerade einfach. Ich könnte verstehen, wenn du deine Stellung hier lieber aufgeben möchtest."

Henry zuckte erschrocken zusammen, als er ihre Hand an seinem Arm spürte.

„Macht Euch keine Sorgen, ich bin stärker, als ich aussehe."

Ein seltsames Prickeln ging von der zierlichen Hand aus. Henrys Herz flatterte und er spürte etwas, das Aufregung wohl am nächsten kam.

Sein Blick wanderte ihren Arm hinauf über den blassen, schlanken Hals bis zu ihrem Gesicht.

Als sie bemerkte wie er sie musterte, färbten sich ihre Wangen rot und fast schon erschrocken wollte sie ihre Hand wegziehen, doch Henry hielt sie mit seiner eigenen zurück.

Es war ein seltsamer Moment.

Gedanken schwirrten durch seinen Kopf, doch er nahm sie kaum wahr. Für einen Augenblick ließ er sich nur von seinen Gefühlen leiten. Gefühle, von denen er bis dahin nicht gewusst hatte, dass er sie zu fühlen fähig war. Sich langsam vortastend verringerte er den Abstand zwischen ihren Gesichtern. Er fixierte abwechselnd ihre Augen und ihre Lippen. Warum war ihm ihr Mund nie aufgefallen? Er war klein und doch schön geschwungen.

Nur noch wenige Zentimeter trennten sie voneinander. Henry spürte, wie Alices Hand zitterte, ebenso wie seine eigene.

Er schluckte, dann schloss er die Lider und küsste sie.

Es war nicht sein erster Kuss – es hatte einige mit Elisabeth gegeben, in den wenigen einsamen Momenten – doch es war der erste, der eine solche Wirkung auf ihn hatte.

Er ließ seine immer noch zitternden Finger über ihre Wange gleiten und hielt sie mit seinem linken Arm fest. Einen kurzen Moment lösten sich ihre Lippen voneinander, um dann erneut aufeinander zu treffen.

Er spürte ihre Brust, die sich hob und senkte und ihren Atem auf seiner Haut.

Nach einer kleinen Ewigkeit ließen sie voneinander ab, doch ihre Augen blieben zunächst geschlossen und sie lehnten für einen Moment Stirn an Stirn.

Henry ließ diesen Moment auf sich wirken. In diesem einen Augenblick war er so voller Glück, dass er nicht anders konnte als zu lachen. Alice schien es ähnlich zu gehen, denn als Henry mit seinem Daumen über ihre Lippen fuhr, umspielte diese ein Lächeln. Sanft strich er weiter über ihr Gesicht. Ihre Wangen glühten.

Dann ließ ihn plötzlich etwas stutzen. Henry öffnete die Augen. Er hatte etwas Feuchtes berührt.

Ohne dabei den Kontakt zu ihr zu verlieren, wich er ein wenig zurück und sah, dass eine einzelne Träne an ihrer Wange hinabrollte.

Alice lächelte, als sie den verwirrten Ausdruck in seinen Augen erkannte.

„Entschuldigt." Schnell strich sie den Tropfen weg.

„Ich wünschte nur, du könntest bleiben."

Es war dieser Moment, in dem Alice wieder ihr betont fröhliches Gesicht aufsetzte, als Henry klar wurde, wie viel sie mit dieser Miene überspielte. Wie stark sie jeden Tag hatte sein müssen, zwischen den Konflikten in ihrer Familie und seiner jüngeren Wenigkeit.

Einen Augenblick lang sah er sie an, dann schloss er ihren zierlichen Körper in seine Arme.

Er zog sie mit sanftem Zug an sich und vergrub sein Gesicht an ihrer Halsbeuge.

Ein nasses Gefühl an seiner Schulter verriet ihm, dass Alice die Tränen nun doch nicht mehr zurückhalten konnte. Sie weinte stumm, doch er spürte hin und wieder, wie stille Schluchzer ihren Brustkorb zum Beben brachten. Er konnte nur ahnen, was sich in ihr aufgestaut hatte und so scheinbar ruhig sie auch in Bezug auf den Vorfall am See reagierte, musste er sie doch aufwühlen.

Henry sog ihren Duft in sich ein und schloss die Augen. Ihre Haut roch noch immer zart nach Lavendel. Die leicht feuchten Haare kitzelten sein Gesicht.

Ein leises Zwicken machte sich in seinem Hinterkopf bemerkbar. Er musste unbedingt mit James reden, und das noch, bevor es Zeit wurde zurückzukehren.

Er wartete noch so lange, bis ihr Schluchzen abgeebbt war und löste dann widerstrebend die Umarmung. Sanft strich er ihr die letzten Tränen von den Wangen. In ihrem Blick lagen viele Fragen. Fragen, die er nicht beantworten konnte.

Wie würde es weitergehen? Waren seine Gefühle auch die von dem James, der nun wieder aus ihm werden würde?

„Es ist sehr schwierig, in der momentanen Situation Versprechungen zu machen, von denen ich nicht weiß, ob ich sie werde halten können, doch ich weiß, was ich jetzt gerade empfinde."

Es kam ihm merkwürdig vor, so offen über Gefühle zu reden, doch ihm blieb kaum noch Zeit und die, die er hatte, musste er nutzen. Ihm war eine Idee gekommen. Sie war so abwegig, dass er besser nicht zu viel nachdachte. Die Sorge, sie sonst wieder zu verwerfen, war zu groß.

„Ich möchte, dass du den hier trägst." Er holte den Ring aus seiner Westentasche. „Was auch immer aus uns werden sollte: Er bezeugt, dass ich dich hier und heute liebe."

Seine Stimme zitterte leicht, ebenso seine Hand, in der er den Ring hielt.

Alice blickte ihn erstaunt an. Sie konnte wohl ebenso wenig fassen, was er gerade gesagt hatte wie er selbst.

„Wirst du ihn annehmen?"

Alice sah ihn noch immer verständnislos an, dann nickte sie langsam und zuletzt heftiger.

„Natürlich."

Ihre Hand zitterte nicht weniger als seine, als er ihr vorsichtig den Ring über streifte.

Einen Moment lang hielt er ihre Hand noch fest, dann stand er auf.

„Ich muss jetzt gehen."

Alice nickte erneut, ließ ihn aber nur zögernd los.

„Wir werden uns gleich wiedersehen", versicherte er mit mehr Optimismus in der Stimme, als er selbst empfand. Abgesehen davon würde dieses „gleich", von dem er sprach, für sie zehn Jahre in der Zukunft liegen. Sie stellte seine Worte zum Glück nicht in Frage. Ein letztes, schwaches Lächeln erschien auf ihrem Gesicht.

„Gute Reise."

Henry gab ihr einen letzten Kuss auf die Stirn und verließ dann, ohne sich noch einmal umzudrehen, den Raum.

Auf dem Gang musste er zunächst tief Luft holen. Zu seiner alte Besonnenheit zurückkehrend, ordnete er seine Gedanken, bevor er sich zum Kinderzimmer begab.

Auf halbem Weg traf er überraschend auf Elisabeth.

Sie nickte ihm mit abwesendem Gesichtsausdruck zu und schwebte dann an ihm vorbei. Stirnrunzelnd sah er ihr nach.

Merkwürdig, seine früheren Gefühle für sie kamen ihm nun vor wie die, eines unbedarften Schuljungen.

Ohne noch einen Gedanken an sie zu verschwenden, wandte er sich James' Zimmertür zu.

Kapitel 22

Alice schloss für einen Moment die Augen. Die Vorkommnisse der letzten Stunden, die vielen Gefühle und nicht zuletzt der Kampf ums Überleben, hatten sie viel Kraft gekostet. Nachdem Henry … nein, James nun gegangen war und sie Zeit hatte, ihre Gedanken zu ordnen, spürte sie, wie erschöpft sie immer noch war.

Sie seufzte schwer und strich sich nachdenklich mit dem Zeigefinger über die Lippen, auf die er sie noch vor wenigen Momenten geküsst hatte.

Als es plötzlich an der Tür klopfte, schrak sie hoch.

War James etwa zurückgekehrt?

Die Klinke wurde heruntergedrückt und eine schlanke, dunkelhaarige, eindeutig weibliche Gestalt kam herein und trat ins Licht.

Elisabeth?

Bereits zum zweiten Mal an diesem Tag war sie überrascht, Elisabeth zu sehen. Sofort kamen ihr die Erinnerungen an den Streit. Es kam ihr vor, als läge er Wochen zurück …

Elisabeth trat langsam, ja beinahe ehrfürchtig ans Bett.

„Wie geht es dir?"

Alice versuchte vergeblich, in ihrem Gesicht zu ergründen, was sie wollte.

„Mir geht es gut", war ihre neutrale Antwort.

Ihre frühere Freundin biss sich auf die Unterlippe und schien nicht so recht zu wissen, wohin mit sich.

„Ich habe gehört, du seist in den See gefallen."

Alice nickte bloß. Es war ihr recht, dass der junge James nicht direkt mit dem Vorfall in Verbindung gebracht wurde.

„Mr Stewart hat dich also gerettet, ja? Er soll sich heldenhaft in die Fluten gestürzt haben."

Diese Vorstellung rief bei Alice ein Lächeln hervor. Sie legte, ohne sich dessen recht bewusst zu sein, die rechte Hand über den Ring an ihrer Linken.

Elisabeth bemerkte diese instinktive Bewegung nicht. Sie sah unruhig umher. Schließlich blieb ihr Blick an einem Stuhl in Bettnähe hängen und sie setzte sich.

Weitere Sekunden verstrichen, bis sie das Wort erneut ergriff.

„Entschuldige, dass ich heute so reagiert habe."

Alice saß für einen Moment nur da und starrte sie an. War das eben tatsächlich eine Entschuldigung gewesen?

Elisabeth schien ihre Reaktion falsch zu deuten, denn sie rutschte unbehaglich auf dem Stuhl hin und her.

„Ich weiß, ich habe etwas übertrieben." Sie zuckte mit den Schultern und starrte an die Decke. Es fiel ihr sichtlich schwer, sich das einzugestehen. „Wenn ich daran denke, dass du fast gestorben wärst … Es war nur … der ganze Tag heute …" Ihr Blick wanderte wieder zu Alice.

„Ich werde morgen für längere Zeit nach London reisen. Deswegen kam ich auch her, um mich bei den Gremorys zu verabschieden. Ich bin nur so", sie stockte kurz, „nervös. Ich meine … hier in diesem Städtchen bin ich jemand, die Männer reißen sich um mich und die meisten Frauen finden mich entzückend. Ich weiß genau, wie das Leben und die Menschen hier funktionieren. In der großen Stadt gibt es viele hübsche Mädchen, die sich bereits einen Namen gemacht haben. Wer bin ich da schon? Elisabeth Williams aus der Provinz." Die letzten Worte waren nur so aus ihr herausgesprudelt. Nun biss sie sich wieder auf die Unterlippe und wusste nicht weiter.

Sie hat sonst niemanden, mit dem sie über derartige Dinge reden kann, überlegte Alice. Sie konnte sich kaum vorstellen, dass dieses wunderschöne Mädchen auf einmal an sich selbst zweifelte. In einer entlegenen Ecke ihres Kopfes meldete sich leichter Unmut. Sie war gerade fast ertrunken und wieder ging es nur um Elisabeth. Dennoch rechnete Alice es ihr hoch an, dass sie tatsächlich gekommen war, um sich bei ihr zu entschuldigen. Elisabeth konnte nun einmal nicht aus ihrer Haut.

„Ach, was! Du wirst die Londoner ebenso um den Finger wickeln, wie du es hier mit allen getan hast." Sie lächelte milde. „Wie kommst du zu der Gelegenheit?"

Auch Elisabeths Mund verzog sich zu einem Lächeln.

„Andrew, ich meine Mr Wainwright, war gestern bei uns und hat mir angeboten, mich in die Londoner Gesellschaft einzuführen." Sie grinste. „Er ist völlig verrückt nach mir."

Sie strich sich abwesend das Kleid glatt. „Es wird sicher nicht lange dauern, bis er mich um meine Hand bittet."

„Und?" Alices Herz schlug schneller. Wenn Elisabeth Andrew heiratete, wäre sie die meiste Zeit in London, und wenn dem so war, könnte James sich vielleicht tatsächlich in sie verlieben und das ganz ohne zuerst durch die Zeit zu reisen.

„Natürlich werde ich annehmen. Es wäre ja töricht von mir, wenn ich es nicht täte – bei seinem Stand"

„Liebst du ihn denn?"

Elisabeth schüttelte den Kopf mit der Art Lächeln, mit welchem man jene bedauert, die derlei nicht verstehen können.

„Nein, aber das spielt keine Rolle. Er ist nett und wird, sicher ein guter Ehemann sein."

Alice runzelte nachdenklich die Stirn.

Ob sie selbst wohl genauso denken würde, wenn ihre Erziehung anders ausgesehen hätte? Merkwürdigerweise tat Elisabeth ihr ein wenig leid, doch wenn sie diese Art von Ehe glücklich machte, dann war dem eben so. Vermutlich wäre sie mit George trotz aller Liebe niemals froh geworden.

Gedankenverloren drehte sie an James' Ring.

Neugierig blickte Elisabeth auf.

„Was ist das?"

Irritiert nahm Alice die Hand weg.

„Ist der etwa von …?"

Sie nickte vorsichtig. Irgendwie war sie sich unsicher, ob sie mit dieser Art von Verlobung an die Öffentlichkeit gehen sollte. Die Erklärung, dass ihr Verlobter einerseits für zehn Jahre verschwunden, andererseits erst zehn Jahre alt war, würde wohl für Verwirrung sorgen.

Elisabeth stand auf, nahm Alices Hand und betrachtete den Ring von allen Seiten.

„Ein armer Kerl, dessen Vater das Vermögen verspielt hat, ja?", murmelte sie und begutachtete ungläubig den aufgesetzten Stein.

„Wie bitte?", fragte Alice verwirrt.

„Ach, nichts." Elisabeth schüttelte den Kopf und lächelte. „Herzlichen Glückwunsch, ich freue mich für dich!"

„Danke, ich mich auch für dich!"

Einen Moment hielten sie einander an den Händen.

„Wer hätte gedacht, dass wir beide einmal an zwei aufeinanderfolgenden Tagen unser Glück finden würden?" Elisabeths Lachen klang herzlich und in diesem Augenblick fühlte es sich an, als hätte es die letzten Jahre nicht gegeben. Trotz der ganzen Streitigkeiten, konnte Alice ihr nicht wirklich böse sein, aber die Zeit ihrer Freundschaft war vorüber, die Gelegenheit verstrichen.

Es gab ihr dennoch ein gutes Gefühl, im Frieden mit Elisabeth auseinander zu gehen.

„Ich wünsche dir viel Glück für London! Sei gut zu Mr Wainwright und wenn du einmal Sorgen hast, kannst du mir gerne schreiben."

Elisabeth nickte. Sie wirkte tatsächlich ergriffen.

„Danke. Pass auf dich auf und halte dich besser vom See fern."

Es folgte eine zaghafte Umarmung.

„Ich werde mir Mühe geben."

Ein letztes Lächeln, dann verschwand Elisabeth.

Es wird doch noch alles gut, dachte Alice und sank in das Kissen zurück.

Was für ein seltsamer Tag …

Endlich schloss sie die Augen und schlief trotz all der wirren Gedanken in ihrem Kopf ein.

***

Als Henry das Zimmer von James betrat, gab es außer ein paar glimmenden Holzscheiten im Kamin keine einzige Lichtquelle. Langsam gewöhnten sich seine Augen an die Dunkelheit, doch er musste die Umrisse des Schreibtisches nicht sehen, um zu wissen, wo er stand. In dem Hohlraum unterhalb des Möbels hatte er einen großen Teil seiner Kindheit verbracht. Nun war er allerdings ein paar Zentimeter größer als damals und er kam sich merkwürdig vor, als er auf alle Viere fiel, um unter den Schreibtisch zu kriechen. Als er an der Wand angekommen war, drehte er sich schwerfällig um und lehnte sich seufzend dagegen. Rechts von ihm hörte er leises Rascheln.

„James?" Es war merkwürdig, ihn so anzusprechen, mit ihrer beider Namen. In der ganzen Zeit hier war dies kein einziges Mal geschehen.

Er erhielt keine Antwort.

Ein paar Worte murmelnd formte er eine Kugel warmen Lichts mit seinen Händen. Sie gab nicht viel Helligkeit ab, doch konnte er nun die zusammengekauerte Gestalt neben sich erkennen. Mehr wollte er auch nicht sehen. Es war schwer genug, dieses Gespräch zu führen, ohne sich dabei selbst direkt ins Gesicht zu blicken.

Henry war klar, dass James seine Schlüsse gezogen hatte. Sie wussten beide, wer da gerade neben ihnen saß.

Wie sollte er dieses Gespräch nun beginnen?

„Du bist sehr klug für dein Alter. Du weißt, was es heißt, zu sterben?"

James hob ganz leicht den Kopf. So weit, dass Henry seine Augen sehen konnte. Im Dämmerlicht waren jedoch keine Gefühle daraus zu lesen.

„Aber du weißt nicht, was es wirklich bedeutet, nicht wahr?"

Er schwieg einen Moment.

„Zumindest ging es mir damals so. Ich war so wütend, wegen irgendeines dummen Streits zwischen Alice und

Elisabeth … Das soll keine Entschuldigung sein. Vermutlich versuche ich, es einfach selbst zu verstehen."

Er starrte gedankenverloren in die Dunkelheit jenseits des Schreibtisches.

„Lissy wollte nie wiederkommen", brachte James mit piepsiger Stimme hervor. Es war ihm anzumerken, dass er geweint hatte.

Henry seufzte schwer und blickte mitleidig zu der kleinen Gestalt. Was er in den letzten Tagen gelernt hatte, würde James erst noch bevorstehen.

„Versprichst du mir etwas?"

Der Junge nickte zögernd.

„Überlege vor jeder Entscheidung, weswegen du sie triffst. Wenn du das tust, wirst du sehr bald merken, wie und von wem du dich beeinflussen lässt. Streif den falschen Stolz ab, der dich daran hindert zu erkennen, wer es wirklich gut mit dir meint."

Einen Moment hingen beide dem eben Gesagten nach.

„Bist du hier, um mir das zu sagen?"

Henry überlegte kurz.

„Ich war hier, um es zu lernen, denke ich."

„Wie wird es jetzt weitergehen?" James große Augen reflektierten das matte Licht.

„Nun, ich kehre zurück, du wirst erwachsen und aus diesem Tag hoffentlich mehr lernen, als ich es getan habe. Am Ende wirst du ich oder – wenn wir Glück haben – besser als ich." Henrys Mund umspielte ein

Lächeln. „Sei gut zu Alice und auch zu Mutter und Vater. Es steckt so viel in den Menschen um uns herum, wenn wir ihnen die Zeit geben, es uns zu zeigen. Gib ihnen die Chance, ja?"

„Ich versuche es." James verbarg sein Gesicht wieder hinter seinen Knien. Henry strich ihm einmal sanft über den dunklen Haarschopf. „Viel Erfolg!"

Umständlich kam er auf die Knie und kroch unter dem Schreibtisch hervor. Als er zur Tür ging und sie schließlich hinter sich schloss, sagte er in Gedanken nicht nur Lebewohl zu seinem jüngeren Ich, sondern auch zu Henry. Nun war er wieder James Henry Gremory und in Kürze würde er erfahren, was das nun bedeutete.

Auf dem Weg hinunter in die Eingangshalle traf er auf Mary.

„James, da bist du ja." Sie wirkte zerstreut. Die letzten Stunden waren auch für sie aufreibend gewesen. „Richard wartet bereits unten auf dich."

„Begleitet Ihr mich?", fragte James und hielt ihr den Arm hin. Er fühlte sich merkwürdig melancholisch und die Berührung seiner Mutter gab ihm Sicherheit. Diese freute sich sichtlich über die Geste. Ihre Miene hellte sich auf und sie schenkte ihm ein entspanntes Lächeln, als sie sich bei ihm einhakte.

Gemeinsam liefen sie die Stufen in den Keller hinab.

Überrascht stellte er fest, dass einige der abgedeckten Möbelstücke zur Seite gerückt worden waren. An der

Stelle, an welcher in der Zukunft die Bühne sein würde, standen Kerzen und beleuchteten seinen Vater. Richard ging noch einmal die Unterlagen durch. Er sah auf, als die beiden eintraten.

„Gerade recht, wir haben noch fünf Minuten." Er blickte auf die Taschenuhr. „Ich fürchtete schon, du hättest es dir anders überlegt."

„Keine Sorge." James löste sich vom Arm seiner Mutter, kam dann aber doch noch einmal zu ihr zurück, um sie zu umarmen.

„Danke, Mutter", raunte er und lächelte ihr verschmitzt zu, bevor er sich Richard zuwandte. Ihm reichte er die Hand, welche dieser fest entgegen nahm. „Es war mir eine Ehre und Freude, mit Euch zusammenzuarbeiten, … meistens zumindest."

Richard zog die Augenbrauen nach oben und lachte auf. „Das kann ich nur zurückgeben. Wir werden hoffentlich die Gelegenheit bekommen, das zu wiederholen – wenn auch unter anderen Bedingungen."

James nickte, dann schloss er für einen Moment die Augen und atmete tief durch.

„Gut, dann lasst uns beginnen."

Ein Prickeln machte sich in seiner Magengegend breit. Hatten sie alles korrekt berechnet? War Richards Macht auch heute schon ausreichend um diesen Sprung zu schaffen?

Mit klopfendem Herzen stellte James sich in etwa an die Stelle, an welcher er angekommen war.

Er sah noch, wie Mary die Hände vor der Brust faltete und Richard lautlos den Mund bewegte, als er den Spruch noch einmal durchging. Ein letzter Blick auf seine Taschenuhr, dann schloss er endgültig die Augen.

Richard ergriff seine Hand.

„Bereit?"

James nickte nur.

Schon setzte Richard murmelnd in die Zauberformel ein. Aus dem Prickeln in James' Magen wurde ein Ziehen und kurz darauf wurde er von schwärzester Dunkelheit verschluckt.

Kapitel 23

James wurde übel. Einen kurzen Moment dachte er, er müsse sich übergeben.

Als er endlich wieder Boden unter den Füßen spürte, ließ er seine Augen noch für einen kurzen Moment geschlossen.

Was, wenn es nicht funktioniert hatte?

Langsam hob er die Lider und Erleichterung machte sich in ihm breit. Gedämpftes Licht, beleuchtete Sessel, Stühle, Bänke und Sofas. Sie waren leer, doch lange würde das nicht so bleiben.

Er erinnerte sich an den Plan seines Vaters. Hier konnte er nicht stehenbleiben. Bald würden die Gäste und auch er selbst den Gewölbekeller betreten. Bis dahin musste er sich in seinem Versteck befinden.

Schnell, wenn auch etwas wackelig, stieg er von der Bühne und begab sich in die dunkle Nische, in der ein Stuhl für ihn platziert worden war.

Es fühlte sich an, als wäre es Ewigkeiten her, seit er diesen Raum so gesehen hatte. Er ließ noch einmal den Blick über die leeren Sitzmöbel schweifen.

Gerade, als er sich setzen wollte, zuckte er schmerzgeplagt zusammen. Sein Kopf begann wie verrückt zu pulsieren. Das Gefühl ähnelte dem des nachlassenden Erinnerungszaubers, bloß war es um ein Vielfaches schlimmer.

Während sich die Türen zum Keller öffneten und die Zuschauer sich auf ihre Plätze begaben, drängten sich langsam, aber sicher neue Erinnerungen in ihn. Sie verdrängten die anderen nicht, doch neben den bestehenden fraß sich qualvoll eine zweite Zeitlinie ihren Weg durch sein Gehirn. So zumindest fühlte es sich an.

James Beine gaben nach und halb stehend, halb sitzend lehnte er sich an die kalte Wand der Nische. Er schaffte es gerade so, weder zu schreien noch sich zu übergeben.

Während sein Vater Papier in Federvieh verwandelte und einen Verlobungsring als Leinwand gebrauchte, kauerte er mit zusammengekniffenen Augen im Schatten und versuchte, die neuen Eindrücke zu verarbeiten.

Auf einmal waren Bilder in seinem Gedächtnis, die er nicht zuordnen konnte. Er hatte auch nicht die Möglichkeit, sie wirklich zu erfassen, denn ständig strömten neue Informationen auf ihn ein. Gespräche, Namen, Gefühle … Ein leises Wimmern entfuhr seiner Kehle.

Würde er das alles verarbeiten können? War dies die Strafe für seine Manipulationen in der Vergangenheit: Ein jämmerliches Zugrundegehen an der Flut all seiner Erinnerungen?

So plötzlich, wie Schmerzen und Übelkeit ihn übermannt hatten, so plötzlich verschwanden sie auch wieder. Auf einmal herrschte Ruhe in seinem Kopf.

Wie aus dem Nichts nahm er die Stimme seines Vaters wahr:

„3652 Sekunden liegen zwischen uns und der Antwort, ob wir hier die erste dokumentierte Zeitreise erleben werden."

Langsam und zitternd erhob sich James aus seiner verkrampften Haltung. Er registrierte erst jetzt so wirklich, dass er neben dem Stuhl auf dem Boden gekauert hatte.

Arme und Beine waren verkrampft, die Augen geblendet vom schwachen Licht des Theaters und in seinen Ohren rauschte das Blut. Als die hellen Flecken aus seinem Blickfeld verschwunden waren, sah er gerade noch sich selbst auf der Bühne verschwinden.

Einen Moment lang stand er einfach nur da.

Die Gäste sahen ihn an … Nein, sie sahen zur Nische. Sie warteten darauf, dass er heraustrat.

James Beine zitterten noch immer, als er einen Schritt nach vorne wagte. Plötzlich traf ihn ein Strahl magischen Lichts und erneut schossen grelle Blitze vor seinen Augen hin und her. Mit der Hand vor dem Gesicht, um nicht zu sehr geblendet zu werden, trat er vollends hinaus.

Die Menge begann zu jubeln.

Von hinten nach vorne durchsuchte er die Reihen mit seinem Blick. Noch immer hatte er keine Möglichkeit gehabt, seine neuen Erinnerungen zu durchforsten.

Was war geschehen, während er weg war?

Ein bekanntes Gesicht unterbrach seine Suche.

Schöne große Augen, dunkle Haare ... Elisabeth! Doch sie saß nicht vorn neben seiner Mutter, sondern inmitten des Publikums. Seine Aufmerksamkeit wanderte zu ihrem Kleid. Auf Bauchhöhe war eine deutliche Wölbung zu sehen. Sie klatschte und wandte sich kurz zu dem Mann neben ihr um. Ihre Lippen bewegten sich und James bemerkte, dass es sich bei ihrem Gesprächspartner um Andrew handelte.

Andrew Wainwright nickte und lachte, bevor er sich ebenfalls applaudierend, wieder zu James drehte.

Er fühlte keine Eifersucht, als er die beiden sah. Tatsächlich bemerkte er so etwas wie Freude in ihm aufkommen. War dies das erste Mal, dass er sich für jemanden freute?

Aber wenn sie hier war, wer saß dann in der ersten Reihe bei ihm und seiner Mutter? Würde der Platz leer sein?

Es waren höchstens ein paar Minuten gewesen, die er dort stand, doch die Zuschauer mussten langsam denken, er hätte durch die Zeitreise einen Hirnschlag erlitten.

Wenn sie wüssten, wie lange die 3652 Sekunden in Wirklichkeit gewesen waren. Keiner von ihnen konnte ahnen, was er erlebt hatte!

„Komm herunter zu mir!", rief Richard und winkte ihn zu sich, als der Jubel langsam abgeklungen war.

Seine Schritte war immer noch unsicher, doch den Blick fest auf seinen Vater geheftet, schaffte er es wohlbehalten hinunter. Dieser empfing ihn mit einer Umarmung.

„Wir haben es geschafft!", raunte er ihm zu.

James schaffte es nur, zu nicken.

Aus den Armen Richards befreit, wandte er den Kopf wieder dem Publikum zu.

Da war seine Mutter. Sie stand und klatschte noch immer.

Und neben ihr …

Auch Alice stand, doch sie applaudierte nicht. Ihre rechte Hand war über die linke gelegt. Nervös nestelte sie an ihrem Ringfinger herum. Die Aufregung, die sie in sich barg, war fast greifbar. Er hatte sie nie zuvor in einem solchen Kleid gesehen, die Haare aufwendig hochgesteckt.

Sie lächelte unsicher zu ihm herauf.

Pure Erleichterung machte sich in ihm breit und er konnte nicht anders, als zurückzulächeln. Am liebsten hätte er geweint vor Glück. Ganz egal, was jetzt noch alles auf ihn zukam. Alice lebte und sie war hier.

Als Alice seinen Gesichtsausdruck bemerkte, schien auch von ihr eine Last abzufallen. Ihre Arme entspannten sich und der Ring an ihrer linken Hand funkelte ihm zu.

Danksagung

Mein Dank gilt zuerst einmal den Lesern dieses Buches!

Es sind nicht die Verlockungen des Geldes, die mich dazu bewogen haben, dieses Buch zu schreiben, sondern der Wunsch, diese von mir geschaffene Geschichte zu teilen. Das ist hiermit geglückt.

Zunächst danke ich meinem Vater Johannes und meinem Bruder Daniel, die in stundenlanger Arbeit die gröbsten Opfer meines Kommakrieges beseitigt haben.

Auch meiner Korrektorin Nathalie Boczar gilt mein Dank, die mir nicht nur bei Fragen über englische Epochen, sondern auch bei der Ausarbeitung der mal zu antiquierten, mal zu modernen Wortwahl geholfen hat.

Ebenfalls mit Wissen und Literatur geholfen hat mir Michael Weber, der mit seinem sanftem Drängen auch dazu beitrug, dass der Roman nun tatsächlich erscheint.

Seiner Frau Natalie Gerardi möchte ich ebenfalls danken. Die Stunden, die sie in das Cover und den Buchsatz investiert hat, sind zahlreich. Dank ihr hat mein Roman nun nicht nur eine schöne Seele, sondern auch ein ansehnliches Äußeres.

Danke auch an alle anderen Testleser (wie Philipp S., Lisa B. und die Mitglieder des Schreibkurses in Nürnberg) darunter Lisa Bischoff, der ich Kapitel 18 widme, welches es ohne sie nicht gegeben hätte.

Nun danke ich Dennis und Nick, die mir mit der Website geholfen haben, sowie meinen Schwestern Rebekka und Tabea, die mich laut eigener Angaben in unserer Kindheit so oft genervt haben, dass ich gar nicht anders konnte, als mich in meine Fantasie zu flüchten.

Danke Rainer B. fürs Anhören der immer selben Überlegungen und Zweifel sowie für seine Ermutigungen und Frau Marianne R., ohne die der Titel nicht halb so passend geworden wäre. Zudem danke ich noch meinem treuen Freund Martin, den ich durch dieses Projekt oft vernachlässigt habe und zuletzt, aber doch ganz weit oben: Danke an meine Mama Christine, die immer an mich geglaubt hat und meinen Roman ungelesen bewirbt, als würde er bereits als Bestseller gehandelt.

Katharina Stürmer alias Catherine R. Striker

Triggerwarnung:
Ertrinken und versuchter Selbstmord – keine blutigen Darstellungen.